U0044610

泡壞了的茶湯

——以詩之名書寫茶事

泡壞了的茶湯——以詩之名書寫茶事

自序　18

第一章

重返茶會現場　21

農禪水月茶會　22

一場無法歸類的茶會　24

風雨歸舟　27

聲音的旅程　30

聲音的腹語　32

香江茶會裡的聲音美學　34

赤崁夕照　35

赤崁夕照茶會　37

2019 臺灣梅花茶會廿載　演繹茶與花的流變　38

忍不住的春天　39

姍姍來遲　42

府城重生早餐會　44

最後一場茶會　45

關於那場最後的茶會　2008//12/12 人澹如菊「飲影隱」茶會后記　48

什麼是「劇場概念」茶會？　51

致野村一郎課長　53

仲夏夜之夢　56

2002 臺北自來水廠包種 VS 巴洛克茶會　59

巡塘往事裡可有茶的印記？　62

上海金秋茶宴　68

春天的剩餘　69

時間的裁縫師　72

春餘紅頂美人茶宴 74
「重返繁花」茶會 77
變奏曲水流觴 83
曲水流觴雅集千年變奏 85

第二章

茶湯啓示錄 87
泡壞了的茶湯 88
馴服 89
五斤茶的時間 90
熟悉與陌生 93
用五斤茶的時間辯證茶湯 95
現形 98
茶湯的靈魂說 99

你來告訴我 102
誰成就了誰 103

喃喃自語 106
茶湯的甜度 108
給我一個理由 109
質問 111
解構 112
讀懂妳 113
等待果陀 115
別怪我的嘴唇 116
記憶的山城 117
佈施 118
七情六慾 119
茶湯的盡頭 120
大約在冬季 122
面目模糊的音符 123

科學家與藝術家論「美」兼談茶湯美學 125
從消費面看臺灣高山茶的茶湯美學 130

第三章
與茶俱老　135

老茶／青春／往事／歲月　136
老　137
老茶的救贖　138
一半的一半　140
老茶人不死　142
老茶：穿越時空的療癒屬性　144

第四章
泡茶比賽　147

潘朵拉的盒子　148
2019 第二屆深圳工夫茶沖泡決賽　150

第十二屆雙杯式泡茶比賽總檢討　155
臺灣泡茶比賽裡的茶湯評審　161

第五章
燈光裡的秘密　165
燈光裡的秘密　166
上朝　167
神話與傳説　168
五月榴火紅　170
千年之約　171
常玉的聯想　173
瓶花　175
小獅爺在上　176
西窗燭　177
指點江山　178

第六章
臺灣茶事　179
向陳阿蹺師致敬　180

臺北西城故事——變調的紅粉金黛　183

變調的紅粉金黛 184
新芳春夢回大稻埕 185
紫色大稻埕 186
大稻埕茶與酒的演繹 187
衡陽路的茶風景 188
在吧檯遇見妳 189
一個茶館的消失 193
逝者如斯 194
眾人微醺只因水紅 196
誰發明了珍珠奶茶？ 198
從「誰是臺灣第一位詩人」看「誰發明了珍珠奶茶」？ 200
茶桌上的人類學家 204
一本茶書的誕生 206
茶與花的雙修之路 208
究竟需要多少個偏執的味覺才能造就一個品種的消失？ 211

第七章
四海遊蹤　213

京腔賣花女　214
北京是個無處掛鳥籠的皇城　217
夜訪左君　220
夜遊鼓浪嶼　221
不真實的夢幻之島　223
大隱於市的上海茶空間　225
北京蹭茶記（一）　227
北京蹭茶記（二）　231
從艦隊街到金融街　233
小院風情　235
造訪北京——給我一個理由　236
千年南音尋古韻　237
草地音樂家　238

蘇州平江路上評彈演唱家的服裝美學　239
包包的旅程　240
一個觀光客的凝視　243
觀光客的「中介迷離症」　249
第八章
華人工夫茶與它們的原鄉夢　250
臺灣工夫茶四百年的流變及形塑之路　251
異鄉人　257
一個異鄉人眼裡「華人世界的工夫茶壯遊之路」　260
第九章
兩個男人的戰爭　266
兩個男人的戰爭　267

兩個男人的品味戰爭　「本覺坊遺文。千利休」觀影記　279
千利休的最後一碗茶　「一代茶聖——千利休」觀影記　四百年的不老茶魂　272
「本能寺」的聯想　「本能寺大飯店」觀影記　275
2+1 個男人的戰爭　「花戰」觀影記　276

第十章
雙杯自述　277

雙杯自述　278
雙杯品茗在臺灣　281
雙杯品茗的返鄉之路　288
被遺忘的杯子遊戲　289

第十一章
茶席的盡頭　290

茶席的盡頭　291
追憶 2009 臺北故宮文創茶事　293

第十二章

下一站永康　296

臺北永康街可能蛻變成紐約「雀爾喜」區嗎？　297

從未消失的地平線　300
三古不務農　302
今天不串門　304
人走留下風　307
王者之風　310
淘氣的客人　311
一朵春蓮　312
藏書罐　314
等閑人止步　316
朕知道了　318
salon 裡不賣酒　319
在巷弄裡遊山　322
院藏　324
五個中國人　325
小樓聽私語　326
好一間小樓　328

永康街的一天　329

茶與咖啡　329
茶與咖啡（續）　330
永康街的吧檯　330
照起工的進襲　331
老派的優雅——耀紅　332
流動的風景　332
流動的下午茶　333
茶湯的甜度　334
梅門德藝天地　334
昭和町　335

永康街消失的一天　336

「小玩子」終於撤守　336
我們並未失去「梅門」　338
從此少了一個有關茶的故事　338
曲水流觴不串門子　339

第十三章
都是季節惹的禍　340

都是季節惹的禍　341
賽局　343
與武夷共舞　345
山寫茶　寫意山水　349
老派的優雅　文山包種的茶湯美學　352
夢回凍頂　355
從消費面看臺灣凍頂烏龍茶的未來　357

第十四章
爲一款茶命名　361

為春天取個名字　362
別想為春天命名　363
取名字是爲了記著她的味道　364

茶人絮語　367

第十五章
安撫一種情緒　373

喋喋不休　374
地老天荒　375
匆忙的行腳　376
五十個形容詞　378
鹹肉粽的伴侶　380
無題　381
哲學問題　382
早課之必要　383
雨過天青　385
一人一桌　387
對與錯　388
墓誌銘　389

後記　390

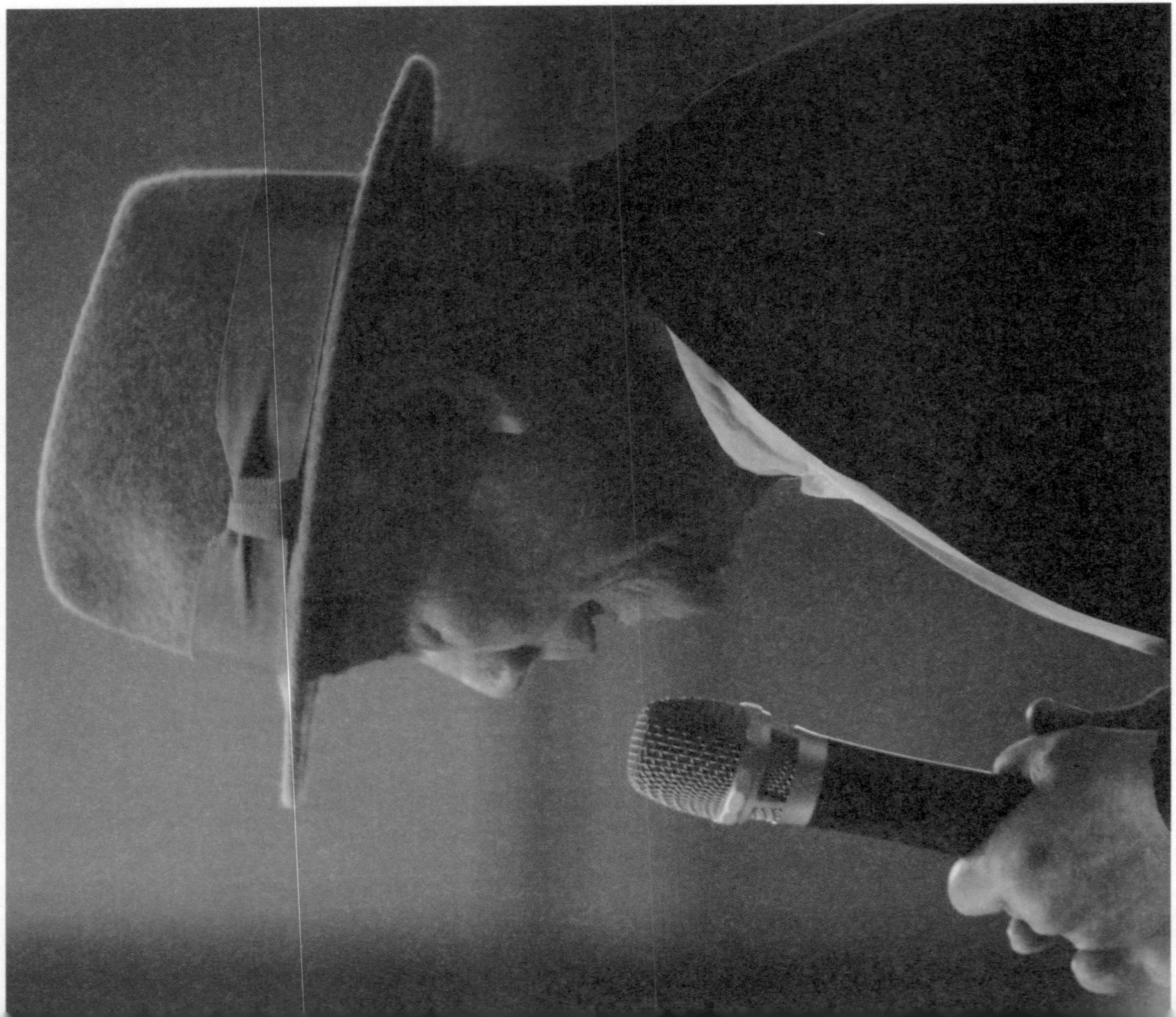

將本書獻給我含辛茹苦的母親

她總是在我孩童時期家庭作業燃眉之急的緊要關頭，
出手相救卻又充滿智慧地故意留下最重要的結論，
讓我獨自完成。是狠心還是一種恩賜？
是磨練或是遺傳？
如今每每在油盡燈枯之際那如靈光乍現般
以神來一筆化解的僵局，
莫非是她又出手了？

自序

我不是一個詩人，也不想成爲詩人，就某種意義而言，我自認也並不具備任何成爲詩人的特質。那爲什麼還要「以詩之名書寫茶事」呢？這要從頭說起了：

在臺灣茶書市場上，大部份不是以製造科學技術內涵或從歷史脈絡中爬梳，就是從實用生活美學的諸多面向下筆，這樣的書寫方式和內容雖然大大地滿足了社會上許多一心想要踏進茶的世界的莘莘學子，成爲坊間茶書市場的主流和長銷，但這種以茶的通識教育爲基調和從生活美學中學習的模式，在茶人進入另一個層次後，一定會遇到需要其他思維方式做爲處理千變萬化錯綜複雜議題參照的時刻。放眼浩瀚的臺灣茶書市場，就單一議題做深層論述尤其是需要辯證時，常涉及概念、邏輯、甚至哲學問題，是件吃力不討好的事，可預期的市場不大，因此也缺乏吸引個中能人投入這個領域的誘因而一直處於虛位以待的局面。

我是從 1980 年代初踏入茶界並開始了一段實驗與體驗之路，其間從未想過要成爲一個茶藝家。也許是個性使然，在冥冥中一腳進了觀察大小茶事背後幽微之處的不歸路。有觀察就有心得，有心得必有想法，想法匯集成論述，進而成文。當一個男人在不能立功立德的遺恨之餘，如果把自己對茶的觀察心得集結成冊分享茶友或許也能堪稱「立言」吧！但是你突然發現臺灣甚至整個華人世界，在茶的領域裡每個人都是說茶的「道家」；那些不帶圖片的純論述在別人眼裡最多只是一種「囈語」。如此我似乎已全然落入「眾生喧嘩」的境地。這究竟是怎麼回事情呢？

1980年代初「臺北陸羽茶藝中心」直接帶動了臺灣第一波風起雲湧的全民茶學運動。如果把「陸羽」當作一個傳播茶學知識的「中心」，所有茶學知識及觀念，在當時都由這個中心向四周幅射傳播，這種傳播很快地把「茶學」變成一種全民「通識」，也就是說社會上已經普遍地對茶的相關知識有了基本的了解，也幾乎就在同一時期，臺灣從頭到尾紛紛出現了所謂的民間自發的「茶道教室」；由一位資深茶人主持並教授茶學基本知識技藝。這是第一波的「去中心化」；也就是說「陸羽」這個「中心」之外又產生了許多小「中心」，讓茶學知識枝開葉散更加深入民間。

2000年後出現了一種新的茶學傳授模式；由一位具有某種人格魅力特質的茶人（通常是女性）帶領一批追隨者遊戲人間穿越古今，在吃喝玩樂間，既汲取了茶學較嚴肅內涵又能將其轉化落實在生活中成了一種茶的「應用學」，也就是把在茶會中、茶席上獲得的高標準規範落實於無所不在的日常生活美學裡，影響所及，在服裝、茶器、空間、美食和藝術鑑賞等都能看到它們在質上的深化。這是第二波的去中心化。

直到2020，在社會某個階層累積了巨大的「茶學能量」後，無數個新興的，更機動更富彈性的「微中心」又陸續低調出現在各個茶空間裡，以最廉價的網路隨機隨時地傳遞出各種有關茶不同屬性的主題，吸引著聞香而來的受眾，幾乎是在無聲無息中進行著民間茶學的第三波「去中心化」。

在這三波去中心化教育中成長的許多茶人，在跨世紀後，有意識或無意識地都把自己訓練成一個「茶的詮釋者」；在茶的領域裡各種議題都各自握有相對的話語權。換句話說當所有茶的知識都變成了通識，茶學都將自我扁平化，人們也失去了辨別高低優劣的能力。在這樣的大環境中想要以冗長的論述敘事回應臺灣和兩岸四地華人間的大小茶事並以此行走書市是個不可能的任務。

詩，也許是個解決之道，它和論文不同；論文是一種理性、邏輯、敍事和線性的書寫文類；詩歌則正好相反，它除了有可以興、觀、群、怨等功能，更有曖昧、陌生、故意說不清楚和「詩的邏輯」的特有屬性。如果把詩與論文或散文並列，一實一虛相互對照，不但能彼此辯證滋生趣味，更能軟化純論文閱讀上的沈悶感，同時獲得詩與論文交織而成的跳躍和節奏感。更重要的是有了詩的參與，那些不同邏輯之間調性的差異，也許可以讓讀者，一如本書主題所隱喻的那樣，「在泡壞了的茶湯裡從容不迫地咀嚼那些不可言說的話語」了。

茶學在臺灣重新受到重視已近半個世紀，其間因緣際會又發展出不同面向的活動，落實在生活中逐漸形成了與中原大異其趣的茶文化。我有幸參與也觀察了其中許多活動與事件。它們何其精彩，又何其動人，有了本書的出版，它們好像都突然間活過來了。無論是那些事件本身或是曾經參與其中的茶友，要是知道，在每個秉燭夜讀時刻，那怕只有一人深受感動和啓發，對他們和作者而言都會是一種福份。

書中一個重要元素——「詩」，因爲在調性上的需要，我選擇儘量以「敘事詩體」而少用「詠嘆調」，有時會只「嘆」而不「詠」，更不能也不會用強說愁式的浪漫書寫茶事。不過這一切都是新的嘗試和實驗，所謂新手上路，還請方家指正。

2020 庚子春月于臺北　三芝

第一章

重返茶會現場

農禪寺水月茶會

向晚　大屯山　倒影著
水月的聖嚴
天色　湖藍　引領著
朝聖者　心的方向

一場茶會
加快了信眾的　行腳
每分鐘 112 步　踩著
木魚聲　進場

伴著心跳聲　坐好

百人齊頌般若
如一人的茶會

一人喫茶

為萬人祈福

一場集體告解
一群贖罪者的告白
在末日寒夜

凍僵了手腳
冰裂了志野

紅玉　沉了底　暈開了暖意
寒冬　轉了身　化解了嚴厲

一飲而就
戛然而止

大屯山　還在等待水月的歇息
眾生　正踏上一段告解的歸途

2014/07/18
二〇一二水月茶會日記

一場無法歸類的茶會

那夜天氣特別冷，可能只有攝氏八度。雖然冷，但溼度不高，無風無雨，難得的乾爽。我駕車匆匆來到曾經無數次擦身而過的北投農禪寺，正要參加一場不曾期待的茶會。遠望水月道場大廳裡燈火通明，與廳外幽暗的暮色裡大片水池映照出如虛幻般的小宇宙。在這寒冬歲末，透著剛剛好的溫暖，道場大廳竟成了那晚充滿期待的歸屬之地。

順著義工們的指示排隊等候進場，一聲磬響，如當頭棒喝，震攝人心。布縵出現了，只見茶侶義工們安靜地把熱水，茶碗，茶葉一一安置定位。來賓把脫下的鞋子放進環保紙袋，拎在手裡，踩著規律的木魚聲，以每分鐘 112 步的敲擊力道，正好把身心調整到可以聽見自己心跳的頻率。

方正的大廳裡整齊地排列了十排蒲團，每排十位，可供百人禪坐。兩排身著素色茶服義工列隊凝視，那陣仗和氣勢儼然肅穆，好像正要進行一場足以決定人類共同命運的儀式。木魚聲引領來賓就坐，竟花了整整一個小時才讓眾人完全安頓下來。早已就坐的來賓則各自閉目冥想，靜心等候。

在法師的引領下，眾人齊聲吟頌立體鏤刻在大廳壁上的「般若波羅蜜多心經」那吟頌聲像是臺北眾生歲末的一場集體告解，也許是祈福，更像是感念。吟頌暫息，釋迦牟尼佛像前端坐的法師引「喫茶去」，以禪說法簡明扼要直指禪心。

行茶儀式比想像來得早，只見修行者一字排開各執水壺爲早已放置在來賓前的白色志野茶碗裡注入沸水。在那樣巨大的時空轉換的當口，「喝什麼茶」這件事原應拋諸腦後，但仍好像唯有這樣才能把所有和這茶相關的細節加諸在這無邊的情緒裡。頃刻間，由沸水開湯飄盪出的那種熟悉的醇厚甜香與帶著濃郁肉桂香的絕非臺灣「紅玉」莫屬。以雙手托起厚重溫潤的茶碗，隔著白志野釉傳遞過來的溫度溫暖了每位參與者的心。受到沸水的沖擊，那磐古開天似的開片冰裂聲此起彼落，爲這寂靜的夜晚點綴了些許警世的節奏，美好總是短暫的，當修行者加了第二次沸水，滿足的喝完最後一口，領頭者早已起身依序將空碗整齊排列在大廳中央的長案桌上。眾人一一離場，但來賓似乎覺得這茶會只是一個開始的結束，而另一場「禪意，禪藝，千家禪修在水月」的活動才算是眞正結束的開始。

從新世紀開始，臺灣社會喜歡喝茶的一群人之間自發性的形成一種「茶會」風潮，在一個你想像不到的時間，想像不到的地點，由你想像不到的一群人都可能以你想像不到的主題正舉辦著一種「社交導向」的茶會。這些茶會與其說是一種喝茶聚會的社交活動，還不如說是一種「尋找同類」或「尋找認同」的集體追尋運動。有趣的是，「水月茶會」的形式與流程設計完全顛覆了目前流行在臺灣的茶會思維。如果你知道臺灣「茶會」發展與社會集體思維是有著牽絲絆藤般密不可分的關係時，這場茶會可能更具有探討的意義。

首先，水月茶會並非專注在時下流行的「尋找同類認同」，反而是在「尋找自我」。在極度寂靜中因無法與他者交流，而只能逼視自我，能尋找的只能是投射在其中自身的影子。如此才能讓每位參與者誠實面對過去一年，在莊嚴肅穆冷冽的時空中反思與自省，並找到前進的方向與動力。

嚴格的說，這是一場沒有主題的茶會。因爲沒有主題，他的鋪陳風格與情境的塑造不需落實在某個特定的主題細節上，而這正好可讓參與其中的人徹底解放而彷彿進入一種恍惚迷離狀態，更可以無限延伸自己的情緒，各取所需地在這孤絕中編織自己的人生劇本。

從世俗的標準看來，這是一場「沒有效率」的茶會。正因爲沒有效率，這百人的進場儀式才能奢華的花上一小時。也正因爲沒有效率，較早就位和正踩著木魚點子進場的賓客才能把腦子靜空，把心跳放慢，把空間讓給即將來臨的「反思」與「自省」。這種「沒有效率」是一種「必要之惡」，也許這個社會缺少的正是「沒有效率」。

這是一場反主流形式的茶會。如今臺灣茶會大多是以烏龍茶爲主調的茶席展演方式以彰顯茶席主人的人文風格。而烏龍茶的茶湯是以「漸呈式泡法」，也就是「小壺泡」爲最佳表現方式。雖然可以高潮迭起，但往往以「淡」收場。「水月」則反其道而行，在大碗茶湯最溫暖，最飽滿的狀態下一飲而就，茶會戛然收場，讓參與者留下永恆的回憶。是一種「千利休」式的美學思維。

「水月茶會」集合了所有臺灣主流以外的思維方式，反而造就了一場「驚艷之旅」。足見無論什麼事，一旦變成「主流」，必也一定會形成「主流」的侷限。也足見臺灣社會需要「主流」以外的思維方式。你只要想到憑什麼能讓幾百人願意折騰一天，千里迢迢難道只爲喝一碗熱茶？又憑什麼能讓這幾百人甘願閉目盤坐等上一小時，難道只爲了參與一場集體的告解儀式？你就會明白一場茶會承載的絕不只是喝茶而已了。

風雨歸舟

一桌子佳餚
加快了主人的手腳
龍眼碳火
染紅了賓客的衣袍
一爐子沉香
安撫了滿屋的花香
一屋子雅客
淘不空話匣子
茶湯　在虛實裡
迴盪
機鋒　在絮語間

靈光乍現
飯後那泡老茶　最能消蝕
張揚的對話

時間　忘了職責
只能在一旁嘆息

為了趕上那班
崗山最後列車
赴一個回家的約定

把茶香和詩的隱喻
放進包裡

辭別那場
一期一會
離結束還早

茶已熟　語正濃

念著 此刻
妳茶桌上 笑聲如浪
而我 風雨的歸舟
路還長

註：那年冬天在臺北潮州街《晚香》的一期一會

2011/01/15 臺北 永康街 追憶

聲音的旅程

罄聲　是
宇宙傳來的回音
層層疊疊　迴迴盪盪　在
是非對錯之間
穿梭徘徊

古琴　用
輕柔的掃拂　跟
你我談心　更像是
對著蒼穹　傾訴

粵語　操著
古人的口音　與
今人　對話　更像是　和
亙古　閒話桑麻

修煉千年的音韻
在時空的旅途中　巧遇
在互道珍重裡　各奔虛無

聲音的腹語

語言　隔閡著意識的流動
圖像幻滅
想像　一片空白

正好開啓了　聽覺的視野
放棄了語意追索
專心聆聽音韻流動

帶著古人的口音
述說現世的風華

抑揚裡　隱藏著頓挫
節奏裡　傳遞了溫度

把語言一分為二

阻礙成就了鋭敏

南方語系　北方語系
從此
成為另一個自己

在香江
聽見了古語

在餘韻裡
聽見了
聲音的腹語

2015/08/20 香江

香江茶會裡的聲音美學

2015年八月十五日參加了一場在香港光華中心由茶味小集／雲茶境籌辦的「光華有茶事」，第一次感受到什麼是「聲音美學」；他們用「磬」的層層迴音安頓了與會者的「心」，迎接即將來臨的茶會。用琴聲預告了一場與茶的對話，終場前Zoe以粵語朗誦一首新詩，她那渾厚有著抑揚頓挫、跌宕起伏、富有節奏、溫暖的嗓音，彷彿自亙古傳來，這很大一部分來自似懂非懂，廣東話的隔閡讓我們這些「外鄉人」，可以放棄追求詩的內涵，完全沈浸在享受南方語系那種傳自遠古的美聲，又一次印證了聲音是可以穿越語言，更超越文字的深度體驗。

2015/08/21 臺北 三芝

赤崁夕照

依然是那個夕照
依然是那個赤崁
昨日的可人兒啊　如今
你在何處　是否
凝視著　同一款
夕陽？

還是同一個詩人
還是同一群茶人
曾經嘆息過的落日　如今　把
最後一抹紅粉金黛　撒向　那
佇立了百年的
城樓

用什麼來支付　那
吹了億萬年的雨和風

用什麼來回報　那
印照了百年的霞光彩虹？
一段告白太短　一杯茶嫌瘦

捲起湘簾問夕陽
來年　是否仍舊
照我登斯樓

2016/11/12 赤崁樓

赤崁夕照茶會

赤崁夕照茶會，儀式般的膜拜、歌頌著同一個夕陽，已歷十三載。它曾滿園春色，也曾經風雨，曾用著同樣的水，泡著同樣的茶，男士盛裝、女士衣香、曾席開十數，三日不散、曾共飲一杯、同頌一詩，曾以繽紛的茶席代替初心的祝詞，向夕陽告白，向落日祈福；一願歲月靜好，二願億載金城，三願人長壽。

2016/11/12　赤崁樓

2019臺灣梅花茶會廿載——演繹茶與花的流變

策展梅花　解構春天
花前樹下　擺弄四藝
衣香鬢影　茶席爭艷
琴聲水語　風月無邊
花開花落　只為招喚
身軀掙扎　永不屈服
主客錯位　迷霧山林
廿載尋覓　釋懷曾經

今年（2019）幾場重要的梅花茶會盛宴都已先後登場，人們還沉醉在梅園品茗賞花，如夢似幻的追憶裡一遍又一遍地翻看著自己巧扮的身影，爲這「忍不住的春天」振臂高歌，也爲即將遠去的一年低迴不已，台中人何其有幸成爲近在咫尺，處處梅園的主人，在自家後花園修煉的道場，也見證了廿年來喜好大自然的茶友、花藝家辯證生活美學的歷程。

約在上世紀九〇年代末，一群花藝家發現了深藏在信義鄉獨特的梅園景觀，而成了她們對美好事物美學實驗道場。1999年中華茶聯前總會長，時任台中會長劉漢介首度邀集茶友齊聚烏松崙梅園賞花品茗，開啓了茶聯一年一度上山賞梅的傳統。經過了廿年歲月不斷有新的美學元素加入了動輒上百人的茶會裡，成了不折不扣的茶會實驗道場；從茶、花、音樂、服裝、美食、茶席到近期的四藝、儼然是一種「全稱式」的美學載體，也是臺灣獨特的茶會文化景觀和社交新形式。我不免有些替古人擔憂這種不斷無限加法的茶會內涵，會不會也將成爲一場「茶會盡頭」的宿命？

從更深層的視角看來，不斷膨脹「境外元素」，會不會也同時忽略了對梅花、梅樹和大自然的嘆喟和禮讚？漢寶德曾提出梅花雖好其實只是一種招喚，梅樹軀幹在繁花落盡後所展現出那種蒼勁不屈，向空中伸展的生命力更貼近人們奮力追索的書法線條的力度，看來漢寶德地下有知也不免有些落寞了。

回想起多年前的一首小詩，向寶德大師致敬！

忍不住的春天 註

我的容顏　年年準時換妝
是紅　是白　不過彈指
五　是幸運數字
身軀　經年掙扎
不向地心引力　屈服

在
天空裡奮力揮毫
蒼勁是唯一回報
花開
只為招喚眾生
不是騙局
見證　姿勢　不妥協
才是我的心思

背叛的只是季節
不如此　怎能在
眾香之中　拔得頭籌

饗宴　籌劃了一整年
意外的訪客
打亂了山谷裡的秩序

茶席　騷首弄姿　意圖明顯
誰是這花園裡
最笑眼的主人？

繞過千山萬水
回到最初

滿山遍野　沒有姹紫嫣紅
留白　給掙扎的生命
烙下印記

揹著它　太沉重
百般凝視　沒有負擔
只剩下唯一的甜蜜

從此
花開有名　釋懷了
這山裡的曾經

註：詩人鄭愁予的名句「我是北地忍不住的春天」
2016/02/14 臺北　三芝
2019/01/22 改寫

姍姍來遲

冷風　姍姍來遲
雲霧　任性　不讓陽光露臉

十八夘屋　重生早餐會
海菜麵線　差點等不到海菜

任性　終於被熱情融化
還好　妳及時趕到

少了海風和陽光　怕
只剩　浪濤拍打岩岸　留下
一身腥羶

年年此時
記得信風的信用

免得那個人類學家
等白了鬢髮

就連沒受邀的賓客
也情不自禁　加入了
等待妳的行列

2015/12/31　吳園十八夘屋

府城重生早餐會記

自2012/12/22午夜一過發現地球並沒毀滅，盛大的辦了一場「重生早餐會」，此後每年同一天葉東泰都在臺南吳園十八夘屋廣邀好友慶祝重生，2013年吃的是日本媽媽做的，2014年由保加利亞朋友現場製作。今天原來計劃做澎湖海菜麵線，因天氣不夠冷陽光不夠暖，一時海菜斷了貨源，重生早餐會一直延到今年最後一天才得遂願，我有幸前一天試吃，感動之餘特po此文及菜單願海內外朋友同聲祈禱來年風調雨順歲月靜好：

澎湖海菜麵線、家鄉麵餅、素菜包子、破布子、澎湖蘿蔔干、土芭樂，臺南海鹽焦糖、紅玉紅茶佐以臺灣原香香料、澎湖花生酥、水果管夠，卅一日一早主人盛情邀約，日本京都大學參訪團及相關人士將盛裝出席今年最後的一場「重生早餐會」，期待盛況空前！

2015/12/31　十八夘屋

最後一場茶會

「華山」原本不是山
像是夢遊
行色匆匆
不期而遇　上華山
是論劍？　還是　問茶？

幽暗裡　那束光影
是真實！　還是虛幻！
終須　在
口舌之間流動　才能
破解這難解的隱喻

舞者　面目模糊
揮動　沙漏般的語棍
像是在驅魔
又像在祈雨

影像　遠方閃動
彷彿在　追索
自身昨日的鬼魅
他者今夜的善良

一切
都在靜止中
等待一個指令

一切　都在
劇場裡　譜寫
人生腳本

是第一場茶會結束
或許　更像
最後一場茶會正在開始

在
一杯茶與一杯茶之間

無止境 等待
時間的果陀

人澹如菊「飲 影 隱」茶會后記 2009/05/31

關於那場最後的茶會

2008/12/12 人澹如菊「飲 影 隱」茶會后記

十二月的冬日，臺北不如往年寒冷，但有一股無關天氣的寒流正籠罩著臺灣，甚至全世界。人們都感染了些許鬱悶的氣氛，好像做什麼事都提不起勁來似的。但一想到即將參加一場盛會，剎時你就心動起來了。那是一場在華山藝文特區，名爲「飲・影・隱」的大型茶會，由李曙韻老師領著「人澹如菊」的團隊成員花了一整年策劃的成果。才不過五年，他們這類茶會已辦了十場。每場平均四場次，至少辦了廿場，兩千多人參加過，而且是付費參加。你不禁要問，這茶會到底有什麼魅力能讓眾人犧牲假期，放下生意，刻意裝扮，往返奔波，像是去趕一場廟會，不，應該說是去麥加朝聖般的「我心嚮往」呢！就爲喝幾杯茶？當然不是。參加那麼多次「人澹如菊」的茶會，你怎會不知道那裡茶不是主角、花不是主角、音樂不是主角、美食不是主角，就連這茶會的靈魂人物李曙韻都不算主角。

這種沒有主角的聚會形式是近十年來臺灣流行的大型茶會的代表，也是一種暫時無法歸類的茶會形式。無法歸類是很少人把它當作嚴肅的議題來討論，因此也缺乏相關的論述。相較臺灣其他茶會以「博感情」爲基調的「隨散」調性，或許你可以暫時把它歸納爲「嚴肅」的「凝聚」式茶會。和其他以溫馨熱鬧取向的茶會不同，「人澹如菊」的茶會是以「冷調」處裡各種空間元素。這裡面，人際關係是「冷」的，只有主人與賓客之間的互動，而沒有賓客之間的交流。

當茶會結束，你不會認識新朋友。眾人之所以嚮往這種大型聚會，有點像是無法滿足於悠遊網路上的部落客，只能在虛擬的世界裡互動，日久深恐會有疏離塵世，自我隔絕的傾向。他們必定會嚮往實體世界群體互動。所以當那些平日窩在小圈子裡的「飲者」以為可以從一個「虛擬世界」瞬間掉落滾滾紅塵時，這茶會又把你帶進另一個更奇幻的情境。其實你喜歡茶會的「冷調」鋪陳風格，這有利於「理性」思考。但你又不喜歡用音樂和表演填滿，好像只是一場有茶的音樂會，這讓你無法專心在這奇幻情境中作理性思考。

但這場「飲・影・隱」和以往的處理方式全然不同。一進場你完全看不出是在一間倉庫裡，幽暗封閉的空間因為聚光燈使你忘了身在何處，簡單的茶具，安排在灰如水泥的長桌上，周圍的賓客面目難以分辨，即使同桌客人也相對無言，好像一切都在靜止狀態，只等候一個「指令」的出現。

兩位穿著分不清時空的舞者，以原始部落發聲器吹舞得像是在祈雨，又像是在驅魔，那舞步緩慢，似乎要帶領你尋找祈求與願望的落點。遠方牆壁上映照的影像中，你也在找尋投射其中自身的影子。一首清脆悠揚的鋼琴協奏曲像是一艘揚帆的大船正要載著你航向大海。帶著一種不著邊際的鋪陳風格，讓這茶會情境不需要落實在某個特定的主題上，正好可以讓你徹底解放，彷彿進入一種恍惚狀態。

聽到一聲：請喝茶，這才驚覺你已喝了六杯茶，那是一泡上好的大禹嶺高山茶，標準的都會人喜歡的優雅高香。莫非黃粱一夢，你已從那虛無飄渺的奇幻世界重新回到人間。

但你是否忘了那靈魂人物，在辛苦的籌備一年之後的「最後一場茶會」到底有什麼重要的理念要傳達？不妨這麼說吧！當賓客帶著一點恍惚感走出茶會，望著沒有星星的夜空，一聲輕嘆「我來過、我看過、我感動過」，而且也寫好了另一段人生戲碼的腳本。從這場茶會擷取的也終將納入你的人生體驗系統成了發酵元素。在一個你想不到的時間，一個想不到的地方，突然發現發覺自己不一樣了。這是一個對茶會創作者最高的禮讚了。然而這到底是不是一個創作者最在乎的，那要看他是把目光凝視在遠方的彩虹，還是投向身旁的滾滾紅塵裡了。

畢竟要做決定的是創作者，而不是那些偶然撞進茶會裡的賓客們。

至於究竟這是不是傳說中她最後一場茶會，也不是一個「他者」可以掌控的。如果眞還有下一場，那就把 2008 年這場「飲・影・隱」看成是她諸多後續茶會的一個開始吧！如果眞是最後一場，那也不妨把它當作她茶藝生涯「開始」的「結束」吧！邱吉爾說的好「It's not the beginning of an end, it's the end of a beginning」。

原載：人澹如菊「non solo tea」

什麼是「劇場式茶會」概念？

有人把某種茶會風格及形式稱爲「劇場空間」概念茶會。但究竟什麼是「劇場」，什麼又是「劇場空間美學」？在坊間並沒有人認眞討論過，更不用說對這概念的共識了。不過我們不妨就字面意義去描繪出一個概略的輪廓：如果把一場「茶會」當作一齣戲來演繹，就是「劇場概念」。處理一齣戲的手法，觀念及立場就是「劇場美學」。如何把演員、觀眾都帶進某種情境空間氛圍裡，讓這齣戲產生意義和張力，需要一些獨到的處理空間手法。這就成了「劇場空間美學」。

根據我的觀察和紀錄，茶會的「劇場」概念是有跡可尋的：

早在 1991 年中華茶藝獎第六屆泡茶比賽，臺北參賽者王俊雄用蓋碗與其女性茶侶，以書房裡讀書泡茶的「行動藝術」手法演繹泡茶情境首開「舞台演繹」的先河。這顯示參賽者想用傳統以外的方式向評審傳達他們詮釋泡茶這件事的看法。

1997 年元月十二日坪林茶業博物館開幕活動中，由紫藤廬雷艢以文人四藝建構的「劇場空間」，上演一齣臺式況味的「流動茶宴」。她的意圖不明。我們只能從四藝的選擇和搭配，特別是一幅邱亞才的「臺灣人像系列」上體會出一個能充份反應茶席主人內涵的跨文化元素組合。

2000 年坪林「精英邀請賽」參賽者鄭志奮及茶侶黃權豪與評審共同演繹了一齣「無茶之茶」的戲碼。那是一個全新的實驗。也許我們可以把這現象解讀成：在舞台式的泡茶表演裡，除了展現茶人的品味及內涵之外，是否應該加入某些可以「借題發揮」的實質元素？參賽者已經感覺出這種需要。

以上都是以一齣「無言」的默劇以表現對茶的某種「無邊」的情緒，其中並無特定的主題可借追憶。直到2004年「人澹如菊」茶書院才以團隊之力共同打造了一場又一場較完整的「劇場」概念的大型茶會：在這類茶會裡，各茶席藉由一個特定的主題串成了一齣由聲、光、樂、花、器、人、茶以及舞蹈、光影等元素，聯合演繹的一種「無以名之」的「情緒劇場」。茶會主人藉著一種「魔幻空間」的手法創造了一個「情緒上的基調」，各茶席主人藉由茶具的配置與行茶儀式，賓客也搖身一變成了這劇場的演員，並以各自編寫的「無言」腳本，加入了這演繹的行列。

也許我們可以這麼說：「劇場」式茶會終極目標是試圖將茶會裡的眾人帶往一個自由想像境界。當茶會一開始這茶會的主人便失去了主控權。他無法決定這齣戲流動的方向和節奏，因為這齣劇已經有了自己的生命，直到它順著自己的方向和節奏結束在一個「恰到好處」的「小節」上。

劇場概念茶會的形成是一個逐漸演變的過程，它的形式和內涵仍未定型，仍是「現代進行式」。也許需要藉許多有志者參與這項「實驗」來完成的。說到這裡，人們不禁要問：喝茶聚會是件極其輕鬆自然的事，有什麼理由非要把它弄得如此複雜又傷神的境地呢？那是因為如果沒有一個仰之彌高的理念支撐，照目前的發展趨勢，茶會終將走到一個只能為茶人「試用新器」、「試穿新衣」，只求型美的淺碟式集會活動。那將是我們不願看到的。

二〇〇九年二月十一日

致 野村一郎課長

煙雨濛濛　乘著輪船　在
基隆登岸　有關新任命　在
百年前

一張未完成的藍圖
有關　自來水在
行囊裡

一個正在萌芽的夢想
有關　新古典　在
思緒裡

不得安寧　是

為了追逐一種浪漫　或　只是
執行一項任務？　應該

責怪你　為這座城市　留下
可以指認
帝國統治的印記　或

感激你　為百年後

那場茶會　留下
仲夏夜之夢的麗地？

你的靈魂　一定　在某個深夜
重臨故地

你的嘆息　一定　在某個角落
久久不去　叫

巴洛克　太沉重　它
只能是　你　思慕
新古典主義的餘緒

重臨斯土時
一個　你絕不會錯認的
燈塔

註：追憶 2002/07/27 臺北包種 Vs 巴洛克茶會。
野村一郎 1907 時任臺灣總督府民政部營繕課長主持臺北水源地自來水廠工程。
臺北水源路自來水博物館屬新古典主義建築風格，常被人誤以為是巴洛克風格。

2016/05/09　水源路　自來水博物館　追憶

仲夏夜之夢

巴洛克　新古典　向晚
在等待
茶人的　分辨

希臘　羅馬　在等待
誰　才是
這花園裡真正的柱列

天色湖藍　在等待
暗夜降臨

男人　盛裝　女人　衣香　在等待
包種茶湯　繽紛登場
捧著高腳玻璃杯　共飲一杯
透明的慾望

一首詩　在等待
眾人醒悟
一曲佛朗明哥　在等待
與
款擺的水柱　共舞

如果　野村一郎也正巧來訪
我當奉上一杯　純淨自來水泡的
文山包種　陪他

做一場
風月無邊　他
百年前就鍾情的

仲夏夜之夢

註：追憶 2002/07/27 臺北包種 Vs 巴洛克茶會
註：臺北水源路自來水廠屬新古典主義風格建築

註：自來水廠主建築屬希臘三大柱列的 Ionic（愛奧尼）分類

註：野村一郎 1907 時任日據時期臺灣總督府民政部土木局營繕課長，主導水源地自來水廠工程，參考文獻由邱博舜教授指導的《自來水博物館再利用之探討》2002/01/22

2012/05/05 水源地自來水廠

2002 臺北自來水廠包種 vs 巴洛克茶會

是誰有這麼大的魅力，能讓超過四百位茶友，在繁忙的週末，犧牲難得的假期，把行事曆重新調整，私事雜務妥貼處理之後，在一個仲夏夜晚盛裝出席，只爲參加一場茶會？不少人甚至還開幾小時的車，從中南部一路趕來！沒錯，他們大多是爲了做一個夢，一個浪漫的仲夏夜之夢，在這個夢裡，那多時未見的茶友，那新古典主義下的精緻建築，自來水博物館和花園，那傳說中的多樣包種好茶，那幾首量身訂作的新詩，都成了夢中的道具和場景。至於夢中的情節有多精彩，全憑那人的想像力，想像力有多豐富，那夢就有多美好。你不相信？那我不妨帶你重回夢的現場：

七月廿七日的那場「包種茶與巴洛克茶會」是今年（2002）臺北茶聯的「年度大戲」。地點選在剛被指定爲三級古蹟的臺北自來水博物館的花園裡。這裡原是1908年，日據時代推斷可能是由當時任總督府民政部土水局營繕課長野村一郎設計、督工完成的，即「唧筒室」建築本體。1998年經修護完工後，成爲全台首座自來水博物館。

在古蹟裡舉辦茶會，這不是第一次，但在充滿西方浪漫古典語彙風格的殖民建築古蹟裡舉辦大型戶外茶會，可是臺灣茶史上的第一次。

夕陽西下，男男女女來自全省各地茶友陸續報到時，博物館建築本體呈土黃色，完全不像畫家洪志勝所畫的海報中一排捲飾柱頭在落日餘輝中呈現的那樣豔麗，它背後的天空竟是出奇的水藍色。花園由三個橢圓對稱式花圃組成，內有三座造型古典的通氣孔，連通氣孔都能如此講究，眞是奢侈的可以。不久天色漸暗，它背後的天空又轉成了湖藍色。走廊裡的壁燈亮起時，襯托出柱廊優美的空間比例，等距配置的柱列呈一弧形平面、左右對稱，看起來有一種韻律的美感。瞇起眼睛，這場景像極了中世紀的歐洲古堡花園。

茶會就安排在花園裡。沿著花園的步道，來賓隨興坐在白色的靠椅上，更多的茶友就沿著花圃沿階而坐，花園外圍設有茶席，分別標示不同年代的包種茶品，以玻璃容器供應不同的冰飲茶，他們管這種品茶叫「垂直品茗法」。來賓則人手一高腳玻璃杯，或坐或遊走穿梭於賓客之間，舉杯互祝。眼見大家熟識的女士似都刻意古典打扮，身著蕾絲洋裝，髮鬢梳著捲曲，散發陣陣幽香，一時杯觥交錯，衣香鬢影，竟有不知今夕是何夕之感！這時，您怎知每位賓客不都在做著一場紫色的仲夏夜之夢，夢見身現一場浪漫的「芭比的盛宴」呢？這是「前茶」，是交誼時間。

茶會正式開始，以吳芳洲的一首新詩「沏了一夜溫柔」開場暖身。接著重頭戲是由詩人季野為這場茶會量身訂作的新詩「包種香凝巴洛克」，只見他身著銀灰色泰絲改良式唐裝，唱作俱佳的朗讀「玉蕊」、「汲泉」、「邂逅」等三首新詩，點化出茶會的主題。自此茶會漸入佳境，先是饒富吉普賽風情的舞蹈，西洋古典樂曲演奏，後有聲樂演唱，中間是二場創意茶的表演；由「人澹如菊」李曙韻以俄式茶炊，配合上海殖民風格紅茶壺組調製臺灣包種茶湯，是一項融合東西茶文化之美的演出。另一場由若水雅集的傅春宜表演紅茶茶藝。當然名家出場是免不了的！曾昭旭教授的巴洛克引言，張宏庸教授的評語，還有茶仙潘燕九的詩作書法呈現，都為茶會製造了高潮，最後是千呼萬喚始出來的巴洛克茶食。至此，「菜色」不可謂不豐盛；茶藝、花、陶、新詩、舞蹈、音樂、歌唱、茶食，茶友間的互動，大家似乎承載了太多「不可承受之重」，需要時間消化。近十時，已漸有涼意，但仍有不少來賓不想離去，但續攤似乎更誘人，這才在臺北茶聯會友的揮別中互道珍重。

你幾乎不必問，只要看看來賓離去時滿足的笑容，就知道這將是一場令人回味無窮的聚會。「菜色」如此豐盛，茶友們的想像力是無比的豐富，這場按照各自心中腳本演出的「芭比的盛宴」，一場仲夏夜之夢還能不美好嗎？

原載春水堂茶訊 2002 九月號第 72 期

巡塘往事裡可有茶的印記？

塘　還是那個塘
橋　還是那座橋

同樣的石板路
同樣的老店舖

百年前
曾經徘徊的靈魂　剛剛離開
卻一去不返

他們也許沒有真正走遠
祇是換了人間

旅人　五湖四海
巡著隱蔽水道
在石板橋登岸

提著裝滿茶具的謝籃
揹著捨不得喝的老茶

潛進十八間　老靈魂蝸居的曾經
張羅著一桌桌茶席

整個村莊　都在無聲的傳頌著
一個早已不知去向的傳奇
也許
仍在等待人間
為它增添新意

那也無妨
我們來此　不正是要為
這失魂的古鎮
失落的曾經　擦脂抹粉？

於是
夏娃　在后宮裏曬起了她的老凍頂
用四藝　四杯　四人　為

百年的故事開篇

谷雨　張燈結綵
為東方美人辦成年禮

梧桐院裏　今晚的戲碼　是一場
以茶代言　用眼神交談的啞劇

陳年老沱　在開封開的封
玩起了晚汀　金色童年
失物招領的遊戲

一號房裏　六堡茶述說著
永遠說不完的南洋茶事

一壺靜思茶　讓整桌領導
陷入了沈思

在精舍裡　那泡茶
換了八隻壺

從曼生還沒講到唐雲

江茶　不慌不忙　細數著
浮粱紅的前世今生

文博軒仍不忘演繹
港式工夫茶的奧密

隔壁住著大漆傳人
苦心述說　人成的一半
福鼎白茶　替他白描著
天成的另一半

五個中國人正在搖醒
一個芎林老靈魂　等他
述説一段　仍在風中的傳奇

一場場人間茶事　正等著
粉墨登場

一群群過客　走街串巷
肖想著推開
這月下深鎖的大門
西窗透出燭光
隱約聽到笑聲
莫非這寂靜的空巷裏
也有茶事？

別只喝一杯就起身告辭
別說你還有趕不完的趴

茶壺裏還有一片葉子
等待著被認出來的狂喜

午夜一過　月娘躲進了雲裏
是誰剪了西窗的燭
暗夜裡　琴聲暫歇
搖琴入了囊
欲合弦
已無了人回

只剩下一排排　大紅燈籠
照亮石板
指引著各自回房的路

記憶終將標註　我們曾經停格
某年某日　在冷冽的時空古鎮
石板路上　老門窗裡一場場
串門子的放縱

一個小島，一座石板橋，河塘環抱的明清古鎮。橫豎二條石板街，幾十幢民宅店鋪，早已人去樓空。巡塘古鎮，轉身變裝成了無錫巡塘書香府邸酒店。2017 冬天的一場茶會瞬間打破了我「茶會的盡頭」理論，它特別之處，對於許多人來說也是奢豪之處在於它邀請了海內外與茶有關的業主及茶人，把十八幢大小不一，古樸的民居同時也是酒店套房空間恣意揮灑、佈置或裝置成浪漫的茶席空間，各自準備各自界定的好茶，用最豐厚的生命狀態為隨時推門而入的賓客泡茶。人不對盤，茶不對味的，喝一杯起身告辭；情義相投，相見恨晚的也大可一泡接一泡喝到地老天荒。一家接著一家，一場接著一場，就在這歲末寒冬。為這遺世古鎮增添無邊的暖意，為各自的生命留下永恆的印記，也為自己的「茶會日記」譜寫了新的篇章。

2017/12/31　臺北　三芝

上海金秋茶宴

案上山水　燈前雲月
我在滬上　楠書養雲
金杯玉碗　花影茶香
凍頂佛手　鳳單觀音
琴音鼓瞾　眾生無語
茶離我近　人距吾遠
失神回魂　欲語還休
一期一會　已無人回
冷冷金秋　暖暖放縱

註：清香齋 2018 上海養雲安縵　楠書房　金秋茶宴
2018/10/21　上海　養雲安縵酒店

春天的剩餘

春天　雲遊四方
還在趕回家的路上
茶樹尚未抽出新芽
陰雨解救不了乾渴的口舌

茶人探索　腳步窸窣
驚醒了山裡　沈睡的園子

茶席　搶著當主角
千花萬朵　比季節早到
從遠方來相挺
朝聖者　衣香鬢影
都敵不過一雙雙期待的眼神

以一種莊嚴的儀式
等候那一片片葉子

暈染出一甲子前　遙遠的風華
在沒有簽章的條索裡
指認那年　三村的陽光和風雨
追索她的前世今生
不必懷疑
所有的榮耀和嘆喟都已經
寫在了水裡

還要拆解
姜子牙後裔櫃子裡
冰封的記憶
似乎讀出了其中
花與蜜私語的蹤跡

琴聲傳出酒狂的踉蹌
是隱喻我們
醉態般的酒後嗎？

此時
目空一切的茶湯美學

也必然會向煮剩的葉底　膜拜
唯有嗜茶的可人兒啊！
才能靜靜地等待　那
正在逐漸甦醒的味蕾
走完春天的剩餘

時間的裁縫師

時間把妳仔細裁剪
裁剪出　熟悉的身影
裁剪出　陌生的姿態

姿態陌生裡
有熟悉的曾經

身影熟悉裡
有對陌生的叩問

青澀獻給了歲月
時間回饋了春泥

鮮妍早已退隱

斑斕成　一派雍容

迤邐　穿梭　口舌之間
幻化出亦靈亦肉的狂喜

何必追問初始
哪一個才是真實的妳？
早已模糊了分際
就連時間裁縫師的春秋刀法
也失去了翻轉的魔力

2019/02/25　三芝　春餘紅頂美人茶宴記

春餘紅頂美人茶宴

實驗的道場

歷經歲月的老茶需要與歲月一起成長過的茶人來詮釋嗎？一場茶會成就了實驗的道場。己亥新年後《大自在空間》帶來了集經典於一身的三款老茶：五〇年代普洱紅印圓茶，民68凍頂烏龍加上傳奇姜禮杞民92新竹東方美人比賽頭二，由九位業界資深茶友，一一詮釋，分享五十位賓客，十位工作伙伴，花藝由 Eric Huang 操刀，音樂製作人張香維量身爲開場及背景音樂編曲，這是臺灣首次有音樂專業設計師爲一場茶會音樂作全方位整合，值得關注。留法古琴家游麗玉操琴，在陰雨綿綿，深藏山裡的「春餘園子」裡共同打造出這場讓茶友放縱終日的茶宴。

顯然這場茶會是定位在經由資深茶人詮釋經典老茶的脈絡來彰顯茶宴至尊的高度。

一款老茶之所以能成爲經典，是它的稀有性和它難以超越的品味價值，而資深茶人至少在茶的修爲上具有品味，口碑以及資歷上正面的典範作爲。就這層意義而言，經典老茶和資深茶人，這兩者都有一個共同性；他們都是「時間」的產物，都和歲月有著綿密的關係。

時間就像裁縫師，它拆解了茶，又重組了茶。在漫長的歲月中與茶偕手同行，一同精釀出足以讓歷經千山萬水的飲者嘆喟的好茶，又在最適當的時空裡釋放出瞬間的靈動。這又是「時間」的另一個功德了。

「時間」淬煉也孕育了茶人，在歲月的洗禮中纍積足夠的智慧，用他們各自的品味詮釋出獨具內涵的茶湯，也折射出茶人當下的生命況味。

面對五〇年代紅印圓茶和民國六八年老凍頂這二款早已被茶界奉爲經典老茶時，來賓多發言謹慎，深恐一不小心就破壞了這難得的品茗氣氛，只想在凝神屏氣中仔細品味並努力的把滋味印記在腦海裡。於是，那超過一甲子，早已成了老精靈，既熟悉又陌生的茶湯反而被框成了一個無法歸類，失神忘言的境界。

我用僅有的八克紅印入 180cc 八十年代宜興紫砂，因時間的限制，在還沒有到達高峰，只泡了八泡就必需換茶進入下一個流程，這是一個令人惋惜的時刻。

對於飲者而言，這段紅印的探索之旅在還沒開始就已經結束。只見隔壁鄰桌王國忠老師的茶侶 Eva 貼心地把也只泡了七八泡的茶用炭火細心煨煮，趁著第二款老凍頂結束前給大家品嚐，據說那醇厚的滋味較壺泡更佳。如果時間夠長，讓全場都能一齊煨煮，茶會將可無限延長到地老天荒，就連一向高傲的飲者都會向煮剩下的葉底膜拜吧。

民國六八年那支老凍頂我用八克入八〇年代 150cc 宜興紫砂水平壺沖泡，中杯品飲。同時又用三克入八〇年代四杯外紅內紫工夫泡小杯品飲，輪流沖泡。此法可比較兩者口感差異，更顯趣味。二種泡法都能充分表現老凍頂陳化後略帶熟悉的「梅酸」韻，若隱若現的「粉味」顯示這款茶初始的花香曾經扮演過轉化過程中調和鼎鼐的角色。餘香猶在，只是換個姿態罷了。

第三款是中場休息時開封的民國九十二年傳奇名家姜禮杞君的新竹東方美人比賽頭等二。我用了四克以內白外霽藍蓋杯沖泡，茶湯呈黃褐色。東美的重要元素蜜香、花香都有讓人愉悅的表現，唯淡雅飄逸中隱約感覺出九十年代後因應市場品味而調整了製程的大趨勢現象。這是否造成了早期才有的熟果香變成了花香的原因？是潮流還是時尚？我該為一種品味時代結束而惆悵，還是該為另一種品味的開啓而欣喜？竟一時啞然。

我同時又用了剩下的兩克東方美人，以 1980 年代宜興紫砂沖泡作為試驗的依據。座中小茶友直呼期期以為不可。這又足以反映了坊間茶道老師普遍偏好用瓷質蓋杯詮釋東美的美學觀。但以結果論，砂壺泡更顯馥郁的事實卻又驗證了實驗美學的重要了。在還不流行用蓋杯泡東方美人的時代，許多人用砂壺或陶壺毫無懸念，但似乎在花香取代熟果香和蜜香的市場品味轉移後，坊間一面倒的用瓷質蓋碗沖泡「新茶」頓時成了主流。這場茶會正好提供了難得在老茶與新茶，陶與瓷，壺與蓋碗之間辯證的機緣，也算是一種收穫吧！

其實在第三款東美的行茶過程中，又重新回沖了尚未完全釋放精華的紅印和凍頂，充分遊走玩味在三種茶的味覺遊戲中也算是一種補償吧！

綜觀這場以資深茶人詮釋經典老茶的盛會是臺灣近年少見以欣賞茶湯為主軸的創舉。永康商圈【大自在空間】用熱情與堅持，大膽的完成了一件「可成追憶」的「大事」。回顧茶會籌備及進行中總有高人一路相挺，這足以讓我「茶會的盡頭」理論破功。原來一個茶會的盡頭竟是另一場茶會巔峰的谷底。其實茶會並沒有所謂的盡頭，我們只是在盡頭裡等待另一個巔峰罷了。

2019 春餘紅頂美人茶宴後記

原刊於普洱壺藝 2019.3 月第 68 期

「重返繁花」茶會

我又重回五權西路 196 號[1]

看一看那幢美軍鄉村大宅

摸一摸那棵百年老榕樹

想一想那還冒著煙的煙囪
正燃著火苗的壁爐

嗅一嗅那剛割完草坪的庭院

敲一敲土庫美軍眷舍 40 號
大門上　電費通知單　還停留在
九九年五月

問一問 Robert Mayes 先生[2]
「重返繁花」茶會

是否準時參加

草坪剛剛剪好
庭院必先淨空

請柬早已送達
茶席也已佈好

「春紅」[3]忘卻沈睡　姍姍來遲
「出雲」[4]淨身出爐　換了人間

江米藕[5]絕不缺席
無花菓　限時專送

立陶宛（little one）[6]自南方來
帶著他新出窯的禪那杯

花藝家　御駕親征
撥弄十全　擺放中央

剛調完珍奶甜度的業主
剛 set 好髮型的代言
剛上山做完照起工的茶商
琴家　操著雙聲帶嗓音
茶家　正走在下一站大師路上

各自巧裝打扮　盛裝出席
各自尋找同類
各自界定紅水

滿屋子的茶香　安撫了
一屋子的花香
一屋子賓客　滿屋子機鋒

那一場場演繹春日的茶會　也許
還未走遠
一期一會裡的群賢少長　卻已
像一陣風　消散得來不及道別

我擔心　這場「重返繁花」茶會的來賓

只剩下　春日的風　含苞的櫻花
冷眼旁觀的老榕樹和一隻不請自來的
流浪狗

2020/03/03　夢中的　台中　五權西路

註：

1 五權西路 196 號是 1950 台銀建造的美軍眷舍 40 號

2 Robert Mayes 先生可能是美軍撤離台中時最後一位住户。

3 「春紅」：老友吳芳洲為了我 1999 年五月春日茶會特地帶領茶友上山在他位於凍頂山茶園，量身打造的紅水烏龍，得茶二十六斤後因故沒能在茶會中用上又請賴彥廷師炭焙，因嘆茶友沒等他把茶做好就匆匆下山，借句「林花謝了春紅」取名「春紅」，隱喻茶友走得太匆匆。我有緣收到二罐至今仍然捨不得痛快暢飲，深恐喝完了，我那些陳年繁花舊事就此失憶而重歸虛無了。

4 「出雲」：我 1999 年在台中第一場春日茶會用張智揚 1998 年木柵鐵觀音冬茶中的茶名。

5 江米藕：我每次辦私人茶會必備的甜點。

6 立陶宛：陶藝家馮建洲工作室最早的名號，也是臺北忠孝東路上民國七十年代一家小巧精緻的陶藝專賣店

這首詩是藉夢遊式的遐想重回故地之情，想要再辦一場「重返繁花」茶會，用的是倒敘、後設、跳接、非線性手法完成的一場不可能重返麗地的夢中茶會記事。

1999 年初我從臺北搬進臺中五權西路 196 號，那是一幢 1950 年代臺灣銀行依照美國鄉村風格建造給駐臺美軍中級軍官的一樓平房眷舍，門牌原是土庫美軍眷舍 40 號。美軍在 1979 年撤離臺灣，最後一位美國人住戶，可能就是電費收據上的 Robert Mayes 先生。當時共建造了二十三幢，目前（2020）只剩美誼游泳池旁的四幢，其他都已拆建爲商業空間。這種鄉村式平房除了有車庫，建築面積約佔八十坪，前後院草坪約二百坪，除了前院木椿矮籬笆，屬於全開放式格局。區內老榕樹提供了大片蔭涼也是冬天壁爐生火的材源。對於這種豪宅式的住宅環境，在臺灣即便是眞正的豪宅都沒有這麼優越的條件，如果不在這種準古蹟裡舉辦茶會那眞是暴殄天物浪費了這個塊美好的麗地。

終於在 1999 年元月卅日從「戊寅年最後一場茶會」便開始了我那一段不可救藥的「家庭派對式」茶會生涯，也是一段「實驗」與「體驗」的旅程；實驗的是以垂直與水平手法，藉由茶會，網絡式的將人與人之間串起一個有機連結，體驗的是藉茶會發掘人與茶之間需要更多的眞誠和關懷的幽微之情，而這些在大型或主題式茶會都無法體會的。

綜觀臺灣自八〇年代興起的茶會文化不也是一段實驗與體驗的過程嗎？從開始以茶湯爲標的的探索，到九十年代的主題導向，2000 年出現了以策展人發輝個人魅力，表現跨界原創性理念爲主的「劇場式茶會」，這些由社會集體創作得來的茶會經驗如今正驅動著一代代茶人無時無刻不以一種無法歸類的茶會形式回應社會上發生的災難與榮耀，只不過任何一種茶會形式在一陣風潮後便失去了它初始般的「童心」，走進了「回不去」的境界。九十年代那一場場家庭派對也同樣地和曾經參與過的麗人，往事如煙一般難以「重返繁花」了。

2020/03/03　臺北　三芝　追憶

變奏曲水流觴

致　王羲之賢士：

知不知
您千年前　玩得不亦樂乎的
曲水流觴
如今　已是大人們的玩具
蘭亭序也成了永恆的臨摹

曲水匯入了屋內
流觴飄上了桌面
酒杯羽化了茶盞

詩跟酒　就免了罷
我們還要　留著一個清醒的腦袋
趕赴下一場茶會
演繹另一種茶與水的親密關係

您那些對生死的嘆喟
還是留給　曲水吧！

2014/12/15 北京　御林芯個展

曲水流觴雅集千年變奏

如果要選出一位玩茶會雅集的「祖師爺」，東晉王羲之應當之無愧。千年前古人玩的那一套「曲水流觴」，影響了整個華人對於「雅集」的定義和境界，至今仍然樂此不疲。遠的不提，1913年（癸丑第廿六甲子），也就是跟永和九年蘭亭集序同一甲子那年，梁啓超率名士四十餘人在北京西直門外萬生園飲酒賦詩就玩過。1963年，前臺北故宮副院長莊嚴邀遠道來訪的好友包括美國漢學家及國際學者在台中縣霧峰北溝村外小溪畔舉辦過「曲水流觴脩禊雅集」。1973年上巳日在臺北外雙溪故宮後方山澗又辦了一次「民國第二癸丑年曲水流觴脩禊雅集」。由莊靈（莊嚴副院長公子）先生攝影集《靈光》（雄獅美術）裡可以看出參加雅集的都是文人雅士、畫家、金石家，比較單純也比較接近古人的況味。

1989年臺灣陸羽茶藝與中國時報在臺北陽明山合辦過「己巳年太陽谷脩禊大茶會」，2004年及2006年在南投由春水堂設計的春日茶會，可以看出在臺灣開啓的後期「曲水流觴」都加入了許多創意，而且動則上百人，參與者屬性複雜，只能算是熱鬧的大型遊園會，稱不上是一種「雅集」，只能說這裡面蘊含著太多對古人生活情趣的孺慕之情。

直到2006年何健應邀在坪林「前後象空間」以雙杯設計茶席，由助理分茶，我一時興起提議用畫家王三慶貼在肖楠木上的一幅狂草放在長桌中央，做爲曲水的意象，茶盅則依序傳遞分茶，於是開啓了一系列玩室內「桌上曲水流觴」的變奏遊戲。後來2009臺北「南村落」，2011年「御林芯」兩場茶會基本上延續何健「桌上曲水」的架構，唯後者改用了木漆器小雲朵杯墊及大雲朵做傳遞茶盅之用。2015 年「御林芯」在北京 798 把曲水引上榻榻米，把量身打造的大小木漆雲朵演繹了一場有人參與的裝置行動藝術。

2013 年永康街「串門子茶館」開幕，在地下室設計了一套嵌在地上的永久性「曲水流觴」裝置，以馬達驅動水流，壓克力杯盤隨波流動，闇黑時曲水如宇宙夜空銀河，彷彿置身雲端，如夢似幻，滿足了人們對「虛無」的浪漫想像。此後大陸內地茶展也紛紛出現曲水不同的設計，行走在神州各地。只是一樣的曲水，玩法各有不同，其微妙之處，一亮相便高下立判。羲之賢士地下有知，會不會「羲之也瘋狂」？

2020/03/13　臺北　三芝　追憶

第二章

茶湯啓示錄

泡壞了的茶湯

泡壞了的茶湯
裡面藏著
不可言說的話語
還可能隱含著
詩的邏輯

支解一首詩
理不出個中的
陰翳和天機

咀嚼　那泡壞了的茶湯
猶如　從容不迫地言說
那些　不可言說的話語

沒有什麼比泡壞了的茶湯
更像一首詩！

2016/05/01 臺北 三芝
2019/03/28 臺北 三芝 改寫

馴服

嚐著
那被嘴唇拒絕的苦澀

想著
它們 終於被
善於解構的味蕾馴服

2016/03/14 臺北 三芝

五斤茶的時間

躑躅徘徊　無止境
耽溺著一種味覺的偏執

眷戀真味　蟄伏在迷霧裡
追索遮掩　欲言又止

破解妳的隱喻　煞費苦心
時而苦思　時而躊躇

只怕　錯譯了　妳
藏在條索裡的秘密

在乾渴無助中
留下探索痕跡

茶壺裡叮嚀的是　五斤！

茶湯裡飄蕩的是　再泡！

有時狂喜　有時沮喪
為什麼它們
總是交替著
在妳恍惚迷離的邊境
靈光乍現

只有謎題　可有謎底？

為何總是難以道悟：

甜蜜　與苦澀
醲釅　與淡遠
飽滿　與殘缺　他們之間
是否該有
曖昧關係？

我用五斤茶的時間
丈量妳的隱喻

用五斤茶的偏執
揣度妳的秘密

妳的順從 是否
也在這一切結束時
開始對我
一一應許？

2015/06/02 三芝
2017/11/27 改寫
2018/04/18 改寫

熟悉與陌生

熟悉與陌生
迷失在霧裏
模糊了分際

它們原是兩條路
在遠方相遇

熟悉　是條常走的路
陌生　它不該
是條不歸路

熟悉　辨認出
藏在幽微裡
似曾相識的美好

陌生　追逐著

擦肩而過
未經觸動的心弦

它們在味覺拼圖裡
尋找彼此
在驚喜裡
咀嚼意義

在錯位中
揣摩差異

一切都是為了
遠方相遇

這是一椿 尋覓真味辨證偏執

永恆的差事

2018/05/02 臺北 三芝

用五斤茶的時間辯證茶湯

大陸有位作家史鐵生的一篇小說《命若琴絃》說一個盲人琴師深信只要拉斷一千根琴絃就會復明，又聽說臺灣一位茶藝名師常常向學生暗示只要連續泡完一種五斤臺灣烏龍茶，就能駕馭茶湯，對所有的茶類都能得心應手，無往不利。我沒有看過《命若琴絃》，也不確定五斤茶的論點是否眞實，但我總覺得它們似乎都有某些關連性，那是一種信仰一種信念；你做對了某件事就會得到某種結果。一千根琴絃可能是一句謊言，但五斤茶卻極可能是一個「眞實的謊言」。第一次聽說「五斤茶」論有點不可思議；心想 每當面對一泡陌生的臺灣烏龍茶，無論是新茶或老茶，大約可以憑經驗法則，泡過一、二次之後都能掌握它的特性，八九不離十，何需五斤茶？但在生活中看過幾位泡茶極爲穩定，詮釋茶湯極爲精準的茶人，他們背後似乎都有一種共同性；一種近乎狂熱的偏執，一泡再泡地把同一款茶泡個通透，好像要用一輩子的時間把茶泡到地老天荒，泡到人茶一體，在一泡與一泡，一杯與一杯之間孕育出一種超越理性與感性「自我辯證」的玄妙。有時午夜夢迴夢醒時分，我慢慢地不敢輕忽這「五斤茶」的論調了。

無論你喜不喜歡用「五斤茶」的論點去建構自己詮釋茶湯的方法，你都能找到各自的論述基礎和立場，所謂「茶湯美學」即是你對待茶湯、詮釋茶湯的態度和立場、也就是你認爲要泡出怎樣的茶湯才算是完美茶湯或是有境界、有靈魂的茶湯、目前臺灣茶界少有完整的「茶湯美學」論述。

臺灣茶葉改良場官能鑑定及泡茶師檢定考試每年都訓練出許多識茶及泡茶高手，但我們要知道，這些高手在某種程度上是用來服務產業的，如果要進入感性的日常品茗生活，那些知識及技能只能算是「通識」，獲得了官能鑑定或泡茶師證書只是一個「開始的結束」，而不是「結束的開始」，是內化以後要丟棄的包袱，也就是忘掉用「產業術語」品茗的思維和習慣。現階段我們也許需要建造一個「茶湯進化論」來填補這個大論述的空缺，那麼 這個「茶湯進化論」究竟應該涵蓋哪些議題和方法論呢？

嚴格來說，如果茶湯是茶人創造的藝術作品，那麼 它需要一個「他者」去「喝懂」這茶湯，當一個茶湯的「解人」，當茶湯和「他者」的美感一致時，「美」才能產生共鳴，這是一個巴掌拍不響（It takes two to tangle）的。泡茶者儘可能泡出自已認爲的最佳茶湯，所以泡茶者花了大量的時間鑽研如何泡好一壺茶，但少有人研究如何喝懂茶湯，如何做一個茶湯的「解人」，我說的不是指一般比賽茶用「產業術語」的評茶思維，在坊間找不到有關的參考資料，但有句俗話說：要想學做詩，學問在詩外。

著名的詩詞評論家葉嘉瑩曾經在她那本「人間詞話七講」裡指出，王國維就能讀出詩詞裡別人看不到的弦外之音，王國維之所以看得到這弦外之音是他讀出了文句裡有關中國文化的某些「語碼」（code），這些「語碼」隱含著某種「境界」，有了「境界」這詩詞裡那些不可言說的部分才能被別人「讀出」，這也是「詞」比「詩」更有餘韻之處。葉教授也在她的書中提到「現象學」注重「意識」對創作影響的問題，或可試著延伸詮釋一番：人藉由意識觀察世間萬物有感而發，潛意識裏也把他當下的生命狀態帶進了創作裡，我一直以爲人的藝術作品無論是詩歌還是雕塑都應該和他的品格和修爲一致的；沒有品格就沒有境界，沒有境界就沒有好的作品。我幾個藝術科班的朋友笑說這是一個落伍的論點，我馬上想到他們可能是在說「新批評」（New Criticism）裡主張的藝術與作者的品格無關論，但我們不要忘了，人類除了科技日新月異之外在文學批評領域中也常常推陳出新。現象學裡的意識對創作的影響論調會不會就是對「新批評」論的質疑也不一定。

回到主題，上文提到 要泡好茶湯我們需要一個「茶湯進化論」做為理論基礎，它至少有兩個面向：一是如何泡好一壺茶，一壺有境界的茶，方法有很多，在技術上，在識茶上尋找三要素的平衡與突破只是其中之一，上文提到的「五斤茶的時間」是一種隱喻，它更大的啓示是在不斷重複的動作中需要不斷的在自我辯證、自省、自問中潛意識地把泡茶者的品味、修為和當下的生命狀態都滲透到茶湯裡，讓這茶湯除了植物內含物之外還是「有料」的茶湯。二是「他者」如何喝出這茶湯是有料的，在邏輯上，這個「他者」也要具備相對的品味和人格。有了這個先決條件，自然會喝出茶裡乾坤。不過在一個凡事講究效率的時代，用一種「快速陳化法」來達到這個目的也許更有趣些：如何喝懂一泡茶不妨先喝出「熟悉」的滋味，再去追尋那個你從未經歷的「陌生」滋味，「熟悉」在味覺資料庫裏找到了味道的初始和共鳴，一切都有了依靠，而「陌生」的滋味讓身體裡那些未曾撞擊的感覺細胞在一瞬間甦醒，這就好像是在茶湯裏喝出某個「語碼」破譯了其中不可言喻的玄妙。當一泡茶湯裡喝出「熟悉」表示這是屬於你的茶，而喝出「陌生」則表示這是你嚮往的茶，當一泡茶裏「熟悉」與「陌生」輪番出場忽隱忽現，那應該慶幸我們已經喝懂了茶湯，剩下的只有多讀書了。

2018/05/30 臺北三芝

現形

我想用一泡茶
來表達心意

還要用一首詩
來妝點情意

我擔心的是 這茶湯
會不會 偷偷地 洩露
我對妳隱藏了許久的秘密
就連詩 也無能為力

2015/07/07 三芝

茶湯的靈魂說

茶湯的「靈魂說」在臺灣究竟有沒有市場？

在臺灣的品茶圈尤其是自翊專業的茶圈裡，一直以來流行以「產業標準」或「產業術語」來評斷或品味茶。相對於「產業標準」的，我們姑且稱之為「「品飲標準」或「消費標準」」。季野先生曾經對此有過一針見血的話：評茶應該「隱善揚惡」而品茶則應「隱惡揚善」。顯然是對當前飲茶生態的當頭棒喝，但三十年來無論北，中，南人們一直把評茶與品茶混為一談。因為隨時都在品茶，又隨地都在評茶，兩者密不可分成為生活的一部份了。說到評茶，雖然官方的標準都是「正面表列」（誰的香氣高雅，滋味醇厚，鮮活持久等）但專家們重視的卻往往是「誰的缺點較少」的「負面表列」。

無論品茶或評茶，不能不談口感，但口感是極其私密的，是春江水暖鴨先知的事，它必須借由表情和精確的語言來描述及表達的，而「產業術語」並不能滿足這個要求，也許還須要一連串的形容詞和形容詞片語才能完成。然而在這個形容詞缺乏的世代，人們早已習慣以產業術語取代形容詞成為評品茶湯的主流了。這讓人總覺得少了些什麼，尤其是在某些特殊情況，比如在需要深度思考或文學性語言才能竟其功的場合。又因為產業術語極端理性特質的侷限，有些微妙的感覺用它往往搔不到癢處。這是一種境界的問題。在品評茶湯時臺灣人也很少提到像咖啡那樣有所謂的「風味」一詞，更別說香氣高雅馥郁到底是屬於哪一種香氣屬性了。有人曾經形容安溪鐵觀音有桂花香，但桂花有太多的品種，香味都各有迷人之處，只用桂花香來形容茶的香氣未免太單調。

另一個值得玩味的議題是，臺灣原本應該由消費者引領的品茶集團在描述茶湯美感上傾向運用「象徵性語言」而非如咖啡紅酒般的「概念性語言」。如果你說這泡茶裡有梨子或桃子的熟果香味，這樣的概念性語言在文人品茶集團的眼裡只能算是一個開始，你應該還要用一種延伸性，具有啓發性的「象徵性」語彙來完成這個描述。換句話說，嗅得出梨子香只是一種動物的本能，它具有強烈的「物欲」成份，而「物欲」常常是被排除在美感之外的。也許這就是爲什麼消費者的茶湯美學觀式微的主要原因吧！

臺灣在品評茶上普遍缺乏「風味」這個概念除了習慣使然，產業術語和概念長期以君臨天下之姿強勢引領有關。雖然臺灣有不少具特色的茶葉品種，但是太過單一的集中在青心烏龍這個品種上，讓品種影響風味的差異性減少到可以忽略的地步恐怕也是使「風味觀」缺席的原因。

所以，從產業標準的角度看見有人說「這茶裡有靈魂」時會被批評爲企圖將「靈魂說」藏在一個「敘事的安全地帶」以方便法門模糊焦點。但不可否認的，在泡得好與泡較差的茶湯之間的確存著一些說不清楚、講不明白的感性因子，用產業術語搔不到癢處，又找不到適當的形容詞來描述這境界時，我們不妨姑且稱之爲「靈魂」。

賈伯斯曾批評微軟的設計沒有靈魂，許多咖啡品牌都說他們的咖啡裡住著一個靈魂，這些都是感性用語，是說給懂的人聽的，同時也是企圖把聽不懂的人帶進一種若有似無的恍惚迷離狀態，讓這似懂非懂，悠遊在理性與感性之間的狀態變得更加清晰。這樣的語言表達方式讓人無法抗拒又缺少抗拒的著力點，它的不可分解性似乎可以彌補純理性評語的不足。

以這次（2017）茶聯主辦的第十二屆雙杯式泡茶比賽而言，有些能把焙火茶泡得極好的茶湯除了不帶火味，把茶裡的各種內含物呈現出極度微妙的平衡和愉悅感外，還有一種洽到好處的透明感，這種特殊的感覺既像是來自製茶工藝師初始的善良，又像是泡茶者無言的告白，彷彿要把喝到茶的幸運者帶往一個奇妙的伊甸園，把許多參賽者著實的比了下去。當用盡了所有的形容詞都無法帶領你進入一種迷離狀態的快感時，這種境界無以明狀卻又眞實的存在，那麼用「靈魂說」來描繪這種感覺未嘗不是一種選擇。

2017/11/30　臺北　三芝

你來告訴我

被熱情滋潤過的妳
落在乾渴的杯裡
不知是悲是喜

被熱情灼傷過的妳
在杯裏獨自哭泣
好似過了一個世紀

被灼傷　或被滋潤
是悲是喜
都在杯子裏療癒

是甜蜜或痛楚
還是　讓你來告訴我

2018/04/29　臺北　三芝

誰成就了誰

是海鹽辜負了香草
還是巧克力救贖了大吉嶺

一口海鹽　一口紅寶石
你拉我推　層層疊疊

葡萄柚和香草被海鹽淹沒
巧克力又拉拔它們
重返人間

一口巧克力一口 Ruby

一會兒神隱　一會兒顯靈
嚐一塊　喝一口

海鹽　不認識

葡萄柚和香草

精靈　素昧生平
追逐笑聲
迴盪在初始的山谷

是誰辜負了誰
又是誰救贖了誰？

再嚐一塊　再喝一口
還要等待味蕾的甦醒

告訴我　究竟
誰成就了誰

2016/01/01 臺北 三芝

新年第一泡由大吉嶺 **Arya** 莊園 **Ruby** 紅茶開始，適合純飲的大吉嶺偶然搭配海鹽巧克力竟有神奇的出世感；海鹽加巧克力的濃郁壓過了原有的葡萄柚和香草味，讓它們瞬間消失在清晨迷霧裡，但喝完第二口，那茶裡富層次的香氣又赫然重現；一口茶、一口海鹽巧克力，這樣層層堆疊迴盪，味覺有被喚醒的驚喜和失落感。莫非也像剛剛消失的一年那樣，裡面有徬徨失措夾雜著躊躇志滿？

2016/01/01 三芝

喃喃自語

吹過凍頂山的風
喝過麒麟潭的水
當然也
彈撥過傳統的調

從古早一路沉睡
從未被驚擾

屋外的風雨
只能默默祈禱

橙黃蜜綠　熬成了
琥珀金黃

從荳蔻裡　走出
一身豐腴

是慶幸　還是委屈？

為什麼　我的
口舌之間
總留著妳的
喃喃自語？

2015/0928　臺北　三芝

茶湯的甜度

威士忌　酒精　38度　適口
冰冷的調和茶　半糖　爽口

38度　是眾人的公約數
半糖　只是個人的量度

她們都在味覺的光譜裡
放縱自我的任性
尋找欲望的
comfort zone

2015/08/10　台中　春水堂

給我一個理由

大杯　振振有詞：
我　香氣撲鼻　滋味淳厚
一杯抵你好幾杯

你　肚量小氣　香氣輕浮
一陣風來便歸虛無
給我一個理由！

小杯　淡然以對：

杯子小　力道足
茶湯的厚度　吞吐行茶的功夫
每喝一杯　都在傳遞一個密語
每啜一口　都在破解一道隱喻

還沒喝完這杯之前 別問我
下一杯　隱含著什麼秘密

一杯接著一杯
一個接著一個　藏著謎題

在一杯茶與一杯茶之間
喝出了　一點　曼陀羅的道理

這遊戲　可以一直待續

不需要理由

大杯　你隨意
小杯　我獨行

2002/11/23　台中　台銀宿舍

質問

木柵　用沉重的嗓音
向貓空質問了一個
時代的滄桑

坪林　用雲淡風輕
向文山給了一個
百年的答案

註：貓空是鐵觀音的產地，文山是包種茶的產地。

2015/08/02　三芝

解構

有一種欲望叫飽滿
有一種意境叫殘缺

為了找到獨沽的那一味
讓舌喉苦心辨認

為了等待靈光乍現的妳

我選擇
解構自己

2015/11/08 三芝

讀懂妳

妳害怕別人不懂
我擔心妳遮掩太多

這香氣裡　隱藏著一些執拗
滋味裡　透露著　妳還有幾分懸念
湯色裡　標示著　妳走了幾里路
餘韻裡　隱喻著　妳將走向遠方
迷惘裡　疑問著　我們是否應該合體

才能創造一種
不必理會邏輯的秘境

要我讀懂妳
還是忘記妳？

無怨無悔　選擇

親近妳

我心已決
妳還在迷離？

2015/12/14 三之

等待果陀

等待風和雨
等待陽光
滋潤一個等待的我

等待一雙巧手
等待機緣
創造一個完美的我

等待一個你
成就一個
未完成的我

等待一個你
猶如等待果陀

2016/02/06 三芝

別怪我的嘴唇

妳獨沽的那一味
像是迷霧裡的精靈
總在你依戀她時
若隱若現　難以捉摸

它不在此地
也不在他處
卻總在你最意想不到的地方
找到歡愉

別怪我的嘴唇

2016/03/07　臺北　三芝

記憶的山城

我又重回這熟悉的山城
尋找著記憶裡的路標

挨家挨户　逼問著舊時的最愛：
橙黃蜜綠住哪家？

採茶婦人異口同聲的說：

她早已嫁人　冠了夫姓　改名叫
琥珀金黃！

2015/07/12　三芝

佈施

賣茶　總是喋喋不休

喝茶　總是欲語還羞

一旦這倆個人分了手
茶湯　就必然成了
眾人的皈依

喝茶的與賣茶的
他們　可不是
供需關係

他們是
佈施關係

2015/07/07　三芝

七情六慾

我的七情六慾
總要先在壺裡濕透
才算原形畢露

我的喜怒哀樂
總要等到出湯
才能秤出
它們有多沉重

還要經過
那嚐遍千山萬水的唇齒
穿過那千帆過盡的舌喉
才能決定要向誰傾訴

一個不小心　可能會
遍體鱗傷　粉身碎骨

2015/11/24　三芝

茶湯的盡頭

這杯茶湯　貴氣逼人
是
一場驚艷　為我獨享？
還是
一個驚嘆　稍縱即逝？
是
美的極致
還是
即將隕落的天使？
是
夢醒前最後的依戀
還是
不得不下沉的夕陽？
是
黎明前最後的星辰　或
只是

一個夢境　無法觸及？

別告訴我　這是
璀璨的顛峰
美的盡頭！

喝完　這杯
瞬間光華　無法停格

從此　將走向沈淪

我所以驚慌　正因

一切都將重歸虛無

2016/10/18　臺北　天母

大約在冬季

春天的尾巴

葉子終於不得不
離開依戀的枝椏
從此換了人間

帶著海誓山盟般的口氣：
我將重返這片園子
我一定會再回來
大約在冬季

2019/03/25　三芝

面目模糊的音符

我在壺裡　指揮著
葉子　一片片兀自舒展
演奏出各自的天然調

樂章　沒有譜曲
順著穀雨的縫隙
頂著凍僵的音符
一頭鑽進大水堀註

終於明白
那年的風雨　是怎樣
把那些初次見面的老朋友註
揉捻得
面目模糊的！

註：「初次見面的老朋友」這句話是民國七十年代老龔首先提出對當時凍頂烏龍茶所做最貼切的形容詞，如今恐怕連他自己都不記得了。

註：大水堀在南投縣鹿谷鄉，包括永隆、鳳凰二村凍頂茶產地。

2019/04/13 可人 三芝

2019/04/19 改寫

科學家與藝術家論「美」兼談茶湯美學

費曼是廿世紀美國偉大的理論物理學家，他曾與一位藝術家論「美」，對我們將要探討的議題一定有某些啓發。一位藝術家對費曼說：「你知道嗎？身爲藝術家我有能力看得出花有多美，但身爲科學家的你呢？噢！就會把它撕開來分解去，而它就變得萬分沉悶的事了」。事後，費曼在一本書裡試圖辯解。他說：「我能感受到一朵花的美，同時我也看到許多花的種種，比他能體會得多太多了；我可以想像花裡的細胞，細胞裡複雜的活動，而且其中富美感。除了在一、二公分尺度之外，在更小的尺度上，它內部構造中也有一種美；各種機制和運作過程之美；花朵爲了吸引昆蟲爲它們傳播花粉而演化出各種顏色，這件事就很有趣。這表示昆蟲是看得見顏色的。這些美感意識在更低的生命層次中存不存在？爲什麼有美的感覺？」

「這些有趣的問題在在顯示科學知識只會替花朵帶來更多興奮，更多神秘。科學帶來是加成的，我搞不懂它怎麼反而會有減損的效應呢？」。

從以上論「美」的辯記裡，顯然二個不同領域的人看見了不同的美；藝術家看到了有形的美，而科學家則看到了秩序之美。

這有些像臺灣茶界人士在談茶，那些自詡懂茶的人批評不懂茶的。在茶湯的詮釋上，不懂茶葉製造的細節如何有所本？他們所持的基本理論是茶葉的科學屬性，包含了許多技術上的細節，懂了技術上的細節才能擁有詮釋「茶」的優勢。而那些所謂不懂技術細節的人，早已自廢武功，棄域投降了。

茶湯美學在臺灣沒有市場

我做了一項非正式的口頭調查，發現臺灣學茶的人們最希望了解或學習的議題是「茶湯美學」。但這個議題在臺灣是沒有市場可言的。這到底是怎回事？我們不妨先從下面說起：

美學 VS 茶湯美學

美學（Aesthetics）原意就是感覺，是研究人對現實審美活動的特徵和規律的學問，也是研究感覺的學問。而茶湯美學則是研究在處理、詮釋茶事上所持的觀點、立場與價值觀的學問。二者都不談科學，不談理性，也不談客觀。因為科學不能處理價值，而理性與客觀的哲學屬性並不能解決生活中的感覺問題。所以美學才在一七四〇年脫離哲學單獨成為一門學問。

臺灣茶學教育成果兩極

一九八〇年代至今的卅年，民間茶學教育普及，茶學逐漸變成一種顯學。雖然國民茶學知識水準普遍提高了，成為通識教育的重要內涵。但它也常常無限延伸，無限上綱，反而形成獲得新知、新觀念的阻礙。它大量技術和知識性與實用主義教學導向，將臺灣茶學教育演化成為一種「美學貧血症候群」現象，也算是一種「必要之惡」吧！

臺灣當前主流茶湯概念

早年茶學教育的師資，清一色源自產業面，以技術官僚體系主導並引領市場形成

◎實用主義品味與流行

◎理性與技術當道

◎只談口感不談美感的主流茶湯概念

既然茶湯美學是「處理感覺」的學問，而且是處理當下發生的茶湯問題，那麼在市場上人人都是茶的專家，每個人都有喝茶的體驗和感覺，當你說的感覺和他人的感覺不一樣時，每個人似乎都有資格提出質疑和批判。美學問題十分複雜，無論是口頭或文字論述都是一件吃力不討好的苦差事，很容易形成「各自表述」；一方面是「茶湯美學貧血症」，而另方面又是「各自表述」的戰國時代。這情況對於想探討這一命題的人總有一種五味雜陳的無奈感。

爲何要談茶湯美學

對於那些想在茶這個「大屋頂」下追尋無止盡樂趣和愉悅的茶人而言，如何把自我教養成一個生活美學家，茶的詮釋和傳譯者並且自我訓練成一個可以透過直覺去判斷，處理生活中茶事的茶人遠比滿腹製茶細節而不懂生活的「專家」來得重要得多。製茶技術及生態知識細節是硬道理，它雖然重要，但充其量只不過是在思維上讓你不脫軌，不說外行話的「通識」而已。此外它還是一種適可而止，見好就收的具有強烈「排擠效應」的選擇性知識。沒有它，其實對一個消費者而言反而具有一種「初始的純眞」。所謂的「人生憂患識字始」隨知識而來可能是無窮的瞻顧牽掛。因爲有了「知識」那種面對茶事，無心而得的喜悅，和那直觀的稍縱即逝的狂喜便可能會全然消失而不可再得了。無論對「施茶者」或是「受茶者」，失去了這「初始的純眞」也就意味著失去打開茶的秘密花園之鑰。

臺灣茶人花了太多的時間上山下海只爲了獲得基本的「茶學知識」，而這無止盡的探索卻「排擠」了寶貴的體驗生活的時間和精力。這筆帳怎麼算都是划不來的，而且說到底，茶學知識裡的細節，是用來忘卻的，而不是隨時隨地拿出來念想的。那麼究竟茶湯美學的內涵是什麼？它何時出現又何時消失？我們不妨先從它的「障礙」說起：

茶湯美學的障礙

在西方美學論述裡談論的大多是視覺與聽覺，而極少提到嗅覺與味覺。原因是嗅覺和味覺太「物慾」，也就是和生理需求的滿足太貼近，以致於美的本質被物慾所掩蓋，而誤以為滿足口腹之慾後的快感就是美感。因此，具有「遠離物慾」特質代表的音樂就成了美學裡最接近藝術的道理。

費曼教授搞不懂的科學與相關知識為什麼會在「美」上減分，我們似乎應該反過來思索。試想如果「美」的本質裡滲入了「功利」、「實用」、「標準」和「專業」等念想，那麼就很有可能出現與這些特質相反的面向。「美」就被蔽蓋而消失了。舉例來說，如果品賞茶湯，你的「專業」告訴你這「茶湯」裡藏著「不標準」、「不理性」（不合理）的因子時，你還會抱著那「初始的純真」認真的品嘗這茶湯美好的部分嗎？所以問題不在你的「專業」、「理性」是否具有正當性，問題出在它們的出現「敗」了整個欣賞茶湯的「興」。因此，擺脫「功利」和「實用」，忘卻「專業」和「理性」以物我兩忘的自然心態才能去除茶湯美學上的障礙。隨時隨地把茶學知識細節拿出來檢驗茶湯，正是這障礙的極致之「惡」。那麼消除了障礙「美」就出現了嗎？

美出現的時機

「美學」的基本理論是主客體關係的和諧，也就是當客體表現與各分子間關係本質的統一，與主體的認知感覺產和諧關係時，美就存在了。但「美」是要透過欣賞才能「察覺」的。要「察覺」「美」並不需專業，也不需要訓練，只要憑「直覺」與美感經驗。

除了察覺之外，客體的特徵還要被主體所喜歡，或者與主體有相同的特質或主體正好缺乏這些特質所產生的互補作用。

就拿茶湯作例子，當茶湯內部分子元素的比例形成某些特徵（如香、甘、滑、重）而這些特徵被主體（欣賞者）察覺，判斷，感知而產生和諧狀態（喜歡、相得、相宜）美才能現身（神清氣爽）。但這過程還需要主體（欣賞者）與生俱來的「直覺」加上後天疊積的美感經驗，自身修養，教育等條件配合。因此美的產生是一個巴掌拍不響的。

總體而言，茶湯美學是研究人們在處理、詮釋、欣賞茶事上所持的觀點、立場和價值觀。它們總是圍繞著直覺與感覺推演著的。以目前臺灣茶界生態很難在短期內形成論述上的共識。但一切都要有個開始，更需要有熱情的茶人貢獻一己的美感經驗，共同創造一個「美學氛圍」，也算是另一種另類的「美學提昇」吧！

從消費面看臺灣高山茶的茶湯美學

多年前，一位紐約茶商遞給我一張名片，背後印著一句話頗有意思：「Oolong Tea Compare to Wine in terms of Complexity and Flavor」。身在烏龍茶主要產地的臺灣深覺這是對所有烏龍茶最大的恭維。不過仔細一想，這也不過是西方人對東方文化的一種抬舉。「烏龍茶的茶湯複雜度和滋味足可媲美紅酒。」這似乎意味著紅酒的價値早已被肯定，它高高在上，烏龍茶只不過是他們新發現的一個「驚喜」而已。而且那位紐約茶商所謂的烏龍茶，在錯綜複雜的產業分類裡究竟是指哪一種？是指傳統福建武夷山上的岩茶、還是有著五花八門香氣類別的廣東鳳凰單欉？是指安溪傳統發酵，還是近年當紅的清香型鐵觀音？是指臺灣傳統烏龍茶代表的白毫烏龍、還是指貴氣逼人的臺灣高山茶？如果沒有明確的說明，那麼這烏龍茶的滋味可以橫跨綠茶到紅茶之間的任何落點。如果沒有說明產地與茶品，這廣義烏龍茶的滋味在人的感覺系統裡將無處落腳。無處落腳意味著滋味無法歸類。一種無法歸類的茶是難以想像的。

在一本描寫一九二〇年代海明威和一群自我流放的美國藝文人士在巴黎生活情景的《巴黎永不流逝的饗宴》裡，畫家妮娜．翰內特與法國詩人尙．考克多常以福爾摩沙烏龍茶搭配堅果/蛋黃醬/橄欖油/起司三明治招待賓客。即便說明了茶是福爾摩沙烏龍茶，仍然難以想像我們所熟悉的白毫烏龍的韻味。因爲我們很少把白毫烏龍和西式餐點混爲一談，不知道是有意還是無意，我們在品飲烏龍茶上走的是「純飲」的路。我們很少在正式品飲高級烏龍茶時搭配食物，尤其是水果。在正式的待客場合裡，充其量也不過在品茶結束時以輕食茶點做爲收尾。「純飲」雖然是我們自認的最佳選擇，但也絕對有它的侷限性。可見喝茶這件事沒有放諸四海皆準的。它牽涉到一堆有關「品味」和「價值觀」的問題。高山茶就是一個好例子。

臺灣高山茶紅了近廿年，它優雅馥郁的香氣，細膩的茶湯滋味使它在待客和送禮市場上成爲時尙寵兒。在臺北高級瓷器賣場裡，在經常接待國際友人的藝術家工作室裡或大都會豪宅建案樣品屋裡，招待賓客用的茶品十之八九離不開高山茶，日韓等亞太地區包括大陸訪客的伴手禮也大多指定高山茶。

在一切充滿階級隱喻的社會，食衣住行育樂無一不隱含階級成份。喝葡萄酒是階級，打高爾夫球是階級，喝高山茶的階級成份隱喻也自然難以閃躲。喝高山茶在消費市場上的階級與品牌效應正與日俱增。這似乎不是什麼新鮮事，不過讓我好奇的是：爲什麼在消費市場上紅得發紫的高山茶在自詡懂茶的臺北飲茶圈子裡行家的茶桌上看不到它的蹤影？爲什麼那些資深茶人在待客的茶品中獨缺高山茶？探討其原因對有些人來說也許沒有意義。但在探討過程中或許可以耙梳出一些我們很少觸及的有關茶湯美學論點也不一定。

臺北飲茶圈裡的行家爲什麼很少喝高山茶？這個問題其實有點多餘，因爲幾乎所有的茶專家都在不斷地大聲疾呼，直指高山茶在製做上的不當，如過度施肥、嫩採、發酵、殺菁不足等人爲缺失。這些缺失使得市售高山茶的品質與品味和他們所期待的「夢幻茶湯」之間有著本質上的落差。他們看不慣，也喝不慣近乎綠茶的湯色和「草青味」，認爲這遠離了包種式烏龍茶的本色而在挑剔的行家中失寵。但很少有人爲這現象背後「產業生態」和「結構性問題」提出解決之道。一般人很難想像產茶季裡採摘時間、採工與製茶工序之間有著糾纏不清的失衡與急迫感，讓他們無法慢工出細活，如同藝術創作般好好「創作」出行家眼中的好茶。我們也很少聽見來自一般消費者和製造者這兩端的抱怨。所有的聲音都是從那些我們姑且稱之爲「茶的傳譯者」，那些對茶有著無可救藥般使命感的「茶的詮釋者」。一般消費者的無聲可以解讀爲某種程度「不自覺的接受現狀」，也可解釋成「有自覺的欣賞現狀」。製造者的無聲意味著你說你的，我這廂「葉照採」，「茶照賣」，只要產期對、產地對，品質好壞都能賣得好價錢。如果一旦出現銷售問題，大多是因爲受到「境外茶」的擠壓而非消費者對品質的挑剔。

因此製造者似乎並不在乎行家的建言。好在本文的目的不在探討製造面相，而在探討消費者「不自覺的接受現狀」以及「有自覺的欣賞現狀」這議題上。或許我們應該開始重視消費者與行家之間在「品味」、「認知」和「飲茶習慣」上的差異。但我們千萬不要把這些差異歸類在「消費者不懂茶」或「消費者是無辜的受害者」這麼簡單的邏輯裡。要知道在行家眼裡，即使所有在製造上的缺失所造成的「質劣」是有科學根據的「硬道理」，但在消費者眼裡那極可能是一種「時尚」，一種「品味」，也是一種「價值觀」。任何事只要牽涉到品味或價值觀，科學這玩意兒將自動退位。因爲科學不是眞理，它不能處理「價值觀」，這恐怕是個哲學問題。但哲學不能解決問題，只能釐清問題。

而高山茶所謂的「問題」很可能不在產業面，而在消費端在「認知」上與行家之間存有極大的落差而已。我們是否可以這樣說，要達到行家所鍾愛的「夢幻茶湯」，調整製造上的「諸元」也許是「硬道理」。但弔詭的是行家眼裡的「夢幻茶湯」極有可能嚇跑一群「有自覺」和「無自覺」的消費者。他們很可能「不認識」或「不認同」行家所謂的「正點高山茶」。在刻板印象裡，行家所排斥的「偏綠茶湯」和「草青味」可能正好是大家所青睞的，這不僅是品味或價值觀的問題，更可能是個「茶湯美學」問題。

如果以「結果論」，完全按照行家所說的條件製出的「好茶」可能有三種結果：

一、茶湯偏「橙黃」，這和消費者所喜好的「蜜綠」湯色大不相同，而退避三舍。

二、「適當」發酵所產生的發酵香、花香或果香對口腔的刺激更飽滿而強烈。按照嗅覺專家的說法，富刺激感的花香和發酵香在味覺和嗅覺上更容易讓細胞膜上的受器飽和，反覆聞同一香氣反而產生反效果，也就是說人的嗅覺系統把香氣滋味經由鼻神經末稍直通腦部一種稱之為「腦部邊緣系統的感官訊號」，而這邊緣系統掌握了調控各生理功能（喜怒哀樂、性及食慾）的鑰匙。換句話說，不論是發酵不足或充份發酵所產生的刺激，在生理或心理上都可能經由「邊緣系統」傳達給腦部一個「不可多喝」的訊號。其結果是只要具有鮮活、高香的茶類都經不起「常喝」、「多喝」，都不可「朝朝暮暮」。

三、以目前的條件而言，最好的高山茶的滋味也最多集中在口腔上顎，很少觸及喉部，這種刺激如果長時間留在上顎，依一般人的經驗會使人的情緒亢奮而無法放鬆。這是一種「不自覺的」排斥高山茶的普遍原因。所謂有一好就沒有二好。你不能既要享受高山茶的鮮活、高香又不接受它的「敵意」。這麼說來喝高山茶是個「習慣」和「選擇」的問題。行家把他們所不喜歡的「缺點」歸罪於製造端只不過把高山茶「原罪化」而已，問題並沒有解決。更重要的是高山茶極可能根本沒問題，如果有問題，也可能只是個延伸出來的「茶湯美學問題」而已。

前文所提到高山茶的「階級隱喻」，在資深行家眼裡是不存在的，要說「階級」，普洱生餅老茶、臺灣陳年凍頂烏龍、老六安更能彰顯他們的資歷和身價。既能滿足茶人講究獨一無二的茶品特質，又有說不完的故事，讓茶敘無限延伸。而高山茶的垂手可得，除了標榜山頭價值外，它的故事性蒼白而模糊，並不能給泡茶者在茶湯語言上有揮灑的空間。

至於品飲習慣的問題，一般消費者多爲「淺嚐」或「淡飲」。但對於那些一睜開眼睛就喝茶，而且又從早喝到晚的行家而言，是經不起和高山茶這樣「朝朝暮暮」的。這時不禁想起臺灣流行小壺小杯品飲的好處。即便是三、五公克都能滿足一桌人的味蕾；既可講究「茶湯結構」又可淺嚐即止。或許大壺泡的「淡飲」也能滿足「隨興」的旨趣。所謂「一淡遮百醜」，不但不怕把茶泡壞，更不必擔心傷胃的顧慮。因此喝高山茶又是個「選擇」的問題。

那麼臺北飲茶圈裡行家很少以高山茶待客的原因就呼之欲出了。

原載臺灣普洱壺藝雜誌

第三章

與茶俱老

老茶／青春／往事／歲月

老茶　我喝得太少
青春　我逝去得太早
往事　我記得牢牢
歲月　我一嚐即瞭
老茶　青春　往事　歲月
故事裡的事
一樣都不能少

老

關於 老 問茶最知道，
關於 茶 問歲月最明瞭

老茶 再老 也不見皺紋
歲月 再老 也是說故事的高手

與茶俱老
說皺紋裡的故事

離結局還早

2015/11/30 臺北 鶯歌

老茶的救贖

整個茶櫃都沉默不語
他們在等待
一個機緣

無論是
一個微曦初放的清晨
一個雨過天青的午后

或是
一個星光燦爛的夜晚

一位飲者　能把他們從半睡半醒中搖醒
一起驗證那久經時間淬煉的肉身

於是
那滋味就有了光陰走過的痕跡

像是遙遠的鼓聲
從亙古傳來

2015/07/09 三芝

一半的一半

一半的一半　是一半
另外的一半　可能是永恆

每次只用茶罐裡剩下的一半
不敢放肆地喝那支與歲月俱老的茶
深怕這老茶泡完　我的記憶就老了！

那曾經渡過的滄桑

遇見過的佳人

走過的路　說過的話

聞過的花香　編織過的夢

張狂過的青春！
逗你笑的人！
讓你哭泣的故事……
都將隨著這　和你一起變老的茶
和承載這記憶的茶湯
一去不返

2007/10/25　三芝

老茶人不死

上華山的路上　擠滿了
朝聖的信徒
可有飲者　願和他談茶論道？

在長日漫漫中
圈點宿昔　逐漸老去

市井道場裡　聒噪聲
無非是這辯證的回音

不斷折射　一點一滴
失去了原意

只有　在一泡再泡的茶湯裡
逐漸淡去

喝茶的老人不死
他只是在
長長的告別中
逐漸遺忘自己

老茶：穿越時空的療癒屬性

老茶究竟有什麼魅力，能讓遇見它的人們如此的「各方簇擁」？這個提問，每個人的答案或許都不同。如果你問我，我會說：人們喜愛老茶，其實是喜歡它天馬行空、隨意延伸出可以連結到生命最幽微處的感性況味。

如今人們喜歡老茶的程度似乎與它的經濟價值成正比，也互為因果。這也意味著人們對老茶有形價值的興趣遠遠大於品賞本身。所以當人們聽到「生命中幽微的感性況味」這句話時總會有些虛無感。這也許是因為我們在品味老茶時缺少一種感性「說法」和「語彙」，缺少一種把這些「說法」和「語彙」加在原本沒有任何感性意涵的茶葉上的習慣和文化，才讓老茶淪為一種單純飲品。這種缺乏無法將品茗這件事帶入某種感性情境，也自然無法彰顯茶作為「載體」的屬性。因為茶湯入口的感覺是極其私密的。若要與他人分享這種感覺則一定要經過一番語言的交換。而語言的是否精準、是否傳神，也非得經過長期的自我訓練不可。品茶意涵的延伸性也大半取決於感性語彙表達的優劣。因此若只談茶的本體、眞假、年份，那就太可惜了。有趣的是，這種品茶的語彙系統雖然重要，但至少在臺灣或華人世界是沒有市場的，它最大的可能也許只存於「書寫」中。新茶與老茶，從新茶的飛揚靈動到老茶的酣暢淋漓，喜歡它的人說它是「羽化登仙的美味」，不喜歡的人會形容它是「陳腐衰頹的悲歌」。新茶未受到光陰的洗禮，當然也不得歲月的滋養，而老茶則把青春獻給了時間，而時間也成了它的養分，它反過來又把時間變得更豐腴了。

老茶穿越時空的屬性我一時想不出還有什麼東西像老茶那樣能穿越時空，在過去與現在往返穿梭，又能讓飲者享有某種恍惚又真實的「存在感」，但其實時間是無法跨越的，能跨越的只有空間。老茶跨越了空間來到我們眼前，但它能跨越時間嗎？它又怎能跨越時間重返那遙遠記憶裡的青澀滋味？時間的不可逆，是你無法倒帶、退回記憶裡依然清晰的青春歲月。這似乎隱喻了青春無法重返，也暗示了整個人生的不可逆轉。就這層意義來說，喝老茶是件傷感的事。這種不由自主的感傷，不僅是因爲熟悉的味道已一去不返，而是感嘆時間不可逆的惆悵。在老茶的世界，人們尋覓著逝去的青春記憶，你喜歡老茶，其實你喜歡的是自己走過的歲月和逝去的光陰。

老茶不死，老茶在封存的過程中並未死去。它只是以近乎酣睡的姿態在時間的長流中韜光養晦。在一個你想像不到的時空裡以幾乎要被遺忘的狀態與一位飲者相遇，也打斷了它的時間之旅。在這之前，整個茶櫃都沉默不語，它們都在耐心的等待一個機緣，無論是一個星光燦爛的夜晚，一個微曦初放的清晨，或是一個雨過天青的午後，一位飲者能把它們從沉睡中搖醒，一起見證那久經時間淬煉的身軀。於是那滋味就有了光陰走過的痕跡，像是遙遠鼓聲從亙古傳來。但我好奇的是究竟什麼樣的人可以把老茶喝到「骨髓裡」，至少不是一個擅長討好大家品味的人，一個極度重視表相、色彩聲光、追求極度刺激的人是喝不懂老茶的。

喝老茶要有心理準備。老茶有它自己的生命週期和複雜的變化。如果挑錯時機，可能會錯過那個你想要的最佳況味，你選擇喝它的時機決定你能否喝到處於最佳週期的茶湯。那是一種機緣、一種運氣、也是福氣。老茶有時盡，老茶總有喝完的一天，因此它好像永遠都處在一種「所剩不多」的狀態，總是讓你不想一下喝完，喝完了，好像那老茶背後所指涉的故事、人物、和歲月的記憶突然像斷了線似的頓時失去了重返記憶的「時光隧道」。這是一種記憶的瓦解，就這層意義而言，喝老茶又是一件牽腸掛肚的事，它總讓你身處某種莫名的「孑然一身」狀態。好在無論還剩多少，每一粒茶都像極了人不分貴賤都得努力延長自己生命中的「有效期」，自始自終都維持在一種優質的狀態，就這層意義而言，它的警世寓言也成了一種正面思致。

如此看來，「賦予世間情事的感性於本無感性可言的幾片葉子上」似乎是值得追尋的至高境界。品味老茶無形價值也正在於品味它伴隨而來的延伸況味。這延伸況味的療癒屬性不也是常被人們忽略嗎？不過這又是另外一個故事了。

2015/05/30 三芝

原載於 2015 普洱壺藝／茶藝第五十三期

第四章 泡茶比賽

潘朵拉的盒子

滾杯換盞舞盤揚
執壺迴轉點茶香
三杯瀹就玉金湯
低酌巧推保滾燙
七杯沏成盧仝碗
愁看評委搜孤喉
釃釃淡遠誰解語
飽滿殘缺一念間
南方嘉木尚有靈
忍將杯湯定乾坤
豈可一杯定生死
解構三巡應如是

鴻漸有知應悔恨
不能晚生一千年
猶記蹣跚來時路
抱得金杯展蹙眉
可人秋意寄衷腸
欲解此情已惘然

2019/12/15　深圳茶展　第二屆工夫茶沖泡決賽

2019第二屆深圳工夫茶沖泡決賽

泡茶比賽，無論在何處舉辦，都不只是一場比賽，一場表演，人們觀注更多的是這形式背後所蘊含的文化底蘊，對茶的品味、思維和生活態度，看懂了這些表象和內涵也就看懂了背後那些未可言說的話語。觀看深圳第二屆工夫茶沖泡大賽，回望臺灣四十年踽踽獨行的泡茶比賽，應該有所感悟，也許可以從中找到新的前進的方向。如此就不會像外界所形容的那樣只是一場茶壺裡的風暴了。

這是一場南方人的盛會，從一個局外人的視角觀看，它更像是一場潮州人的團結大會。比賽現場充滿了濃濃的潮州味；潮州茶人、茶商、非遺傳人、各項以潮州工夫茶冠名的茶協會、以及無數學工夫茶的莘莘學子、出錢出力展現出無比的熱情與自信。

但從一個廣義工夫茶在中國發展現況而言，我們關心的是潮州工夫茶憑著它非遺的強大氣場、話語權的單邊效應，究竟能走多遠，影響有多大？更確切的說，當潮州工夫茶及其非遺傳人走出潮州面對早已被公道杯、乾泡法、茶會茶席文化等廣義小壺泡法佔領的市場，究竟是要「匡正亂象」還是以孤芳自賞之姿建立一個至尊的遺世標準「走向世界」（初賽現場叫得震天嘎響的口號）？何況以「嶺南工夫茶」爲名的「廣東茶道」也在公領域插旗，無異宣示它的「時代性」與「廣納性」，潮州工夫茶被兩岸四地奉爲中華工夫茶的「正統」又將如何自處？

從一個來自異鄉的臺灣人看這場工夫茶沖泡決賽，總覺得既親切又陌生。回首臺灣在1980年

「陸羽」舉辦了有史以來第一次全臺泡茶比賽至今已有四十年，看看別人怎麼辨泡茶比賽，也想起了自己踽踽獨行的來時路好不親切。同時也看到了兩岸在流程細節上的差異背後思維邏輯又總有些陌生感。

首先，由香港、澳門、泰國以及馬來西亞各有一位選手直接進入決賽，與51位中國各地參賽者由初賽選出的十名優勝者同台競技，其中有很大一部份是在深圳落戶的外省人，這意味著潮州工夫茶泡茶法並未走出潮汕，至少對潮州工夫茶是陌生的，以致於不敢貿然參加。再者比賽茶統一用的是條型鳳凰單欉。（初賽芝蘭香，決賽用杏仁香）這對外省人也是一大挑戰。

其次，在決賽中對於參賽者最頭疼，佔比35%的「茶湯」採用的是「一杯定生死」的給分制，也就是說只要給評委各一杯茶就算給分了，而一路走來，臺灣採用的是三泡制，檢視的是茶湯的穩定和一致性。

潮州工夫茶與臺灣流行了四十年的泡茶比賽在形式及內涵的分岐源於貳者在泡法、茶類、給分以及評審制度設計的不同：

◎泡茶法不同

潮州泡以小壺三～四小杯詮釋條形烏龍（單欉），臺灣則以中壺五～六中杯（30-40cc）解構球型烏龍茶。

◎評分與給分制度不同

潮州採「一杯定生死」制；一次或多次泡出七杯同時分送七位評審（評委）。這給參賽選手帶來極大的考驗，因爲這和傳統習慣上用三～四杯待客的泡茶習慣不同，選手必須重新調整泡法在規定時間內完成濃度與質量相當的茶湯。所以觀眾可以看到有些選手用他們所習慣的一泡三杯，連續沖泡三次湊足七杯（以上），放在奉茶盤中送給評委。但問題來了，事先評委一再強調的給分標準是茶湯溫度要「滾燙」，否則會扣分。如此三壺茶湯後豈有不「失溫」之理。因此又有選手改用較大茶壺，大杯盤一次出湯七杯奉茶以確保茶湯維持一定的高溫。但出乎意外獲得最高榮譽的竟然是那位按照傳統三杯泡法以三壺九杯（七杯給評委二杯給列席不給分的「仲裁員」）完成茶湯的女茶道培訓師。看來並非所有評委都對「滾燙」一詞有相同的看法，畢竟七位評委中有四位來自潮汕以外的臺灣、香港、泰國以及馬來西亞。無論如何，選手用盡心思在打亂了習慣沖泡節奏中調整泡法，征服了所有評委的口舌獲得高分也著實令人欽佩。說到底，無論哪一種泡茶比賽，茶湯評分永遠都是黑箱作業，除了評委其他人永遠無法評斷茶湯的好壞。這黑箱又像是希臘神話中那宙斯不讓潘朵拉打開的盒子，打開了它，面對的將是更多的不堪和難題。

回首臺灣四十年來對泡茶比賽中茶湯的詮釋幾經爭扎終於回歸到一個終極標準「茶湯結構」上。從三泡茶湯中判定各種基本元素及微量元素是否平均釋放以成就一個完整無缺的「圓滿」，而這種圓滿對任何有經驗的評委都是一種普世價值。

從這次（深圳）工夫茶沖泡大賽諸多給分標準，如連續沖泡出湯不能斷水、七～八分滿不可少於五分滿、十八分鐘走完泡茶流程、茶湯溫度與給分成正比、滾杯沖泡浸泡時間少於三十秒扣分以及有香無韻（沒入水）扣分等可以看出兩岸對茶湯詮釋的差異。

◎獨撐大局的茶湯概念

雖然兩岸都把茶湯表現視爲第一要務，但在臺灣的泡茶比賽中各單項如茶席、美儀、技巧及茶藝問答都有專人評分，佔比平均，而這次深圳的沖泡大賽七位評委都對美儀茶席給分，顯然給的多是總體印象分，對茶席著墨甚少。這也充分說明兩岸在茶席和整體生活文化走在不同的演繹階段。

◎用眼睛評斷茶湯的時刻已然到來

如果你夠仔細，在深圳工夫茶沖泡比賽中可以看出用眼睛評茶湯的事已然成眞了。這可不是個笑話，一位選手因爲在沖泡、浸泡、滾杯過程中少於30秒內出湯而被扣了一分，而且是在評委喝到茶湯之前。這一分之差讓他錯失大獎。

這種用眼睛評茶湯的作爲顚覆了泡茶三要素，時間、水溫和置茶量之間的平衡關係。評委也許只看到時間但並不知道壺的容量和置茶量，而三要素之間平衡關係的拿捏應由泡茶者而非由評委來決定的。就這個觀點而言評委似乎應考慮以結果論而非過程論來評斷茶湯。

其實用眼睛評茶湯在臺灣早就存在了；臺灣在分項評分中有所謂的「泡茶技巧」一項，擔任這項評分的評審只用眼睛不喝茶湯，如果看見出湯點兵時未完全滴乾即收壺，則判定這泡茶有瑕疵而扣分。這在理論或實務上是合理的。但最近有評審觸摸選手的茶壺以確認品質做爲加扣分的依據，引起了選手的反彈和眾人的議論。這基本上違反了好不容易建立起來的不碰選手茶器只用眼睛欣賞的優良傳統。長久以來，臺灣茶人自我訓練出一套只用眼不用手鑑賞茶席茶器美感和質地的功夫。個人以爲用手觸摸別人茶席上的器具，無論目的爲何都是此風不可長的。不過這是後話，暫不開展了。

◎不只是一場比賽

泡茶比賽，無論在何處舉辦，都不只是一場比賽，一場表演，人們觀注更多的是這形式背後所蘊含的文化底蘊，對茶的品味、思維和生活態度，看懂了這些表象和內涵也就看懂了背後那些未可言說的話語。觀看深圳第二屆工夫茶沖泡大賽，回望臺灣四十年踽踽獨行的泡茶比賽，應該有所感悟，也許可以從中找到新的前進的方向。如此就不會像外界所形容的那樣，只是一場茶壺裡的風暴了。

2020/02/08　臺北　三芝

原載於 2020 普洱壺藝／茶藝第七十二期

第十二屆雙杯式泡茶比賽總檢討

茶聯主辦的第十二屆泡茶比賽第一次用了「限定式泡茶」也就是參賽者必須用「雙杯品茗式」泡茶做爲評分的必要條件，這是有史以來首次以「小題大作」企圖爲某一特定的品茗法進行全面檢視帶有強烈的實驗意味。

這次深具實驗意義的革命性泡茶比賽，一路從各地區初賽到總決賽的確將「雙杯品茗」落實到各個細節上，至少爲將來有關的論述提供了具體的例證，身爲評審之一，近距離的觀察和親身體驗，下列幾項觀點也許值得有志雙杯品茗法的後進參考：

清香與熟香

一、卅年來雙杯品茗法一直聚焦在欣賞包種式清香型烏龍茶上，而這次（十二屆）比賽前所未有的選用了焙火熟香型烏龍茶，其意圖相當明顯；即借著正式的比賽證明雙杯，至少在欣賞焙火茶的效果上絕不下於清香型。事實上依筆者現場實地體驗，從結果論而言，如果泡得恰到好處，聞香效果相當有愉悅感，所謂恰到好處應該是指焙火香融合了熟果香豐富的內涵物，讓口感直達喉頭所產生的溫暖和安定感，而泡得不理想的茶湯多半只聞到焙火香飄浮於口腔上顎，讓整體口感有種「空落落」的失落感。

瓷杯與陶杯

二、雙杯品茗法一直以來的主流都在瓷杯，但臺灣特殊的時空背景下造就了無數與茶共舞的陶藝家，其獨特性和差異性如今已強勢的瓜分了茶席這個會發光的舞台。在雙杯的運用上，許多茶人都相信陶杯更適合熟香型茶類。這次比賽正好提供了一個絕佳的驗證機會。從初賽到決賽中有限的親身體驗此言不差，一個小小的觀察也許值得參考：

◎陶杯的瞬間效果極佳，但留香效果一般不如瓷杯。

◎厚胎比薄胎陶聞香效果佳。

◎柴燒杯一般不如上釉杯，翻口又不如直筒形，這當然與釉和燒結溫度有關，不能一概而論。

◎除了造型，陶杯容量較大者聞香效果愈佳，這與茶湯量體有關。

◎從實驗的角度來看，無論瓷杯、陶杯，只要選對了杯子，清香熟香在雙杯品茗上都會帶來意外的驚喜和相乘效果。也許今後只剩下選擇的問題。

茶湯美學仍然是個隱形美學？

臺灣自有泡茶比賽以來，茶湯評審就一直籠罩著一層神秘的面紗。究竟什麼是茶湯評審給分的標準？每位評審說法不一，欲言又止。而茶界偏偏又把茶湯製作當成神主牌一般膜拜，把如何泡好一壺茶當做茶學入門的首要工夫，他（她）們想要在每次比賽中獲得一些秘笈的期望顯然都落空了，只能各自摸索出各自的套路。泡茶比賽帶給習茶者許多正面陽光的影響，唯獨茶湯評審在習茶者眼中仍停留在灰色地帶。

長久以來，關於茶湯評鑑的話語詮釋權一直停留在產業鏈的上游，也就是說產、製、銷三個領域的從業人員以及官方對於茶湯的詮釋較能被社會多數人接受。處於產業鏈下游的消費者群最多只能是個受眾。其中原因由來已久，一個明顯的例子可以看出個中的推理但似乎又不合邏輯的關係；在臺灣各茶產區每年比賽茶制度中的評審都由官方派代表主審，也就是說官方主導著茶葉品質和品味的走勢，這種情況讓茶葉消費大眾認定官方握有品質及品味的詮釋權，其實這種制度和現象並沒有對錯的問題，因為總要有人負責控管品質，由官方主導看起來總比其他不特定人士較少疑慮。

但自從泡茶比賽出現後問題變得有趣起來。因為比賽茶和泡茶比賽中的茶湯評審有著本質上的分歧。前者是評比茶葉製作的優劣，而後者則是評審茶湯呈現的優劣也就是茶泡得好不好的問題。前者是分項評比，絕對理性，而且是以「滋味馥郁，香氣優雅持久」等形容詞作為給分的標準，這時受評比的是農產品，其中沒有「人」的因素在內。而後者是追求茶湯裡各元素相互之間的平衡關係，也就以結果論作為給分的標準，裡面有著強烈的人文主義精神。本來這兩種茶湯評分思維是大相徑庭的，一旦用同一組人（如產官專業人士）則須要事前審慎溝通，顯然這在泡茶比賽裡是不存在的。

依筆者長期觀察並請教歷次泡茶比賽的茶湯評審，我的問題是：究竟什麼是給分的標準？他們的說法各不相同，有用減法，也有用加法的，但有一點是共同的，那就是：凡是能泡出茶湯應有特質的都能得到高分，所謂「應有的特質」指的當然是好的特質，按照這個邏輯，它是一個「隱惡揚善」的概念，那麼問題就簡單而統一了，因為在事前的評審會議裡通常會同時用鑑定杯和宜興壺泡出茶湯以供評審區別二者在茶湯結構上的差異。顯然後者壺泡具有一定程度的修飾效果。

原來，一杯茶湯入口，無論是對握有茶湯話語權的專業評茶師或者是資深的消費者，那種人類與生俱來爲了生存長久所累積追求最佳食物來源口感的本能，除了地域因素之外，在本質上大致相同。換句話說，大家都在找尋茶湯內含物之間綜合微妙的平衡及愉悅感。其中的差異只剩下「品味」二字而已。這個觀察，在這次比賽前三名以及最佳茶湯就結果論是可以相互印證的。其中的差別也只剩下給分的「寬鬆與否」而已，只是坊間從未見專業評茶師就此問題細說分明，而論者只能就比賽茶官方的評審標準就事論事了。

茶湯的「靈魂」說

泡茶比賽一開始就被界定爲理性的競賽，一切都是可供公議的，唯獨茶湯評比存在著許多不可言說的灰色地帶。它與比賽茶不同，雖然兩者都有評分標準並已取得大部份的共識但比賽茶的標準，說到底只能算是「產業標準」而泡茶比賽講究的卻是「品飲標準」。所以從產業標準的角度看見有人說「這茶裡有靈魂」時會被批評爲企圖將「靈魂說」藏在一個「敘事的安全地帶」以方便法門模糊焦點。但不可否認的，在泡得好與泡較差的茶湯之間的確存著一些說不清楚，講不明白的感性因子，我們不妨姑且稱之爲「靈魂」。

賈伯斯曾批評微軟的設計沒有靈魂，許多咖啡品牌都說他們的咖啡裡住著一個靈魂，這些都是感性用語，它的不可分解性似乎可以彌補純理性評語的不足。以這次（2017）比賽而言，有些泡得極好的茶湯除了不帶火味，把茶裡的各種內含物呈現出極度微妙的平衡和愉悅感外，還有一種恰到好處的透明感，把許多參賽者著實的比了下去。用靈魂來形容這種感覺未嘗不是一種選擇。

爲什麼極簡風格不能成爲茶席設計的主流？

剛剛結束的第十二屆雙杯泡茶比賽，激情過後有人餘波蕩漾，有人雲淡風輕，但總有一些議題值得深思，畢竟在比賽過程中看得見的（茶具、服裝、禮儀）和看不見的（茶湯）都是當下臺灣茶文化現象的縮影，反射出人們對茶的思維和態度其背後也都有些脈絡可尋，就以「茶具搭配」爲例：

卅年前臺灣開始流行泡茶，從工夫茶在一個小圓桌「點」的配置概念延伸到長桌「面」，到有前後景深的「立體」發展到當前與四週環境融合的「空間」思考，百家爭鳴不斷有新的創意出現，也爲繁華若夢的臺灣茶會文化注入了新的活水。在這個過程中總會有些智者提出茶席應以「減法」而非「加法」爲依歸，也就是說：桌上泡茶用具應該以簡單爲最高境界來呼應中國茶文化「儉」的傳統，但這個深具禪修概念的最高指導原則似乎只適用在日常生活中，在一個以「表演」爲目的泡茶比賽中，茶人要宣示的內在思想都要以茶具的設計和配置爲載體的，用極簡風格的茶具配置固然可以表現複雜而豐富的內心世界，但更多的情況是評審與表演者之間常存在著主客認知差異。在瞬間決定生死的比賽中，極簡風格對表演者諸多理念的表達可能更具冒險性。

從這屆比賽獲得前三名以及最佳茶具搭配獎的日本茶人可以看出這種共同傾向，他們用了多媒材陶瓷、木材、竹席、金屬、仿金屬、纖維織品、乾冰、沙粒和紙張，多層次多面向鋪陳他們在「茶席構想表」中所隱喻的情境或情緒。除了花材外，只有皀（黑色）與白，銀與灰等單色系配色選擇可以歸類在極簡風。雖然受限於雙杯的規定，杯子多了一倍，但茶席並不擁擠，來自亞太，甚至俄羅斯、加拿大的參賽者都不約而同的「茶具搭配選擇」，究竟是茶統一了他們的品味，還是品味選擇了茶？身爲評審之一的近距離觀察，極簡風格的茶席設計也許只有在其他純屬展演的空間裡才能看見吧。

雙杯品茗法能否就此重返榮耀？

借用一句電影臺詞，「雙杯」已經回不去了。因爲時空背景的改變也改變了茶人的選擇。在一個相對成熟的環境中，雙杯好像十八般武藝，人人都會，人人也都學會了視需要而選擇適當品茗法的智慧。在一個事事講求效率和便捷的社會，除非習慣使然，人們在居家生活中很少用雙杯。但經過這次比賽讓人們在選用雙杯更具信心。茶道老師在教學上更加重視雙杯，讓由這塊土地滋養出來的特殊品茗法更顯珍貴。

丁酉冬日于臺北　三芝

臺灣泡茶比賽裡的茶湯評審

本文的目的不在討論葡萄酒，而是企圖藉由這次品酒會裡的評審現象，或許可以啓發臺灣茶界玩了卅幾年的「泡茶比賽」、「茶湯評審」制度某種省思。

從一九七六巴黎品酒會談起

一九七六年五月二十四日，爲了慶祝美國獨立二百年並向法國人引介加州葡萄酒，在巴黎舉辦了一場品酒會。評比的是八支名聲顯赫的法國酒莊級葡萄酒和十二支默默無名的加州酒。評比結果，跌破所有專家的眼鏡，美國加州的白紅酒分別奪冠。而且在兩種酒的前十名，加州酒都佔了六名。這次盲目品酒會改變了人們對法國酒獨霸天下的刻板印象。從此，加州酒信心大增，同時也撼動了世界葡萄酒產業生態的板塊。

「酒湯評審」與「茶湯評審」

一九七六年，巴黎品酒會邀請了九位頂尖的法國評審，其中有監督頂級法國葡萄酒生產的法定產區管制局總督察、葡萄酒學院教授、美食雜誌主管、葡萄酒雜誌編輯、米其林三星主廚、酒莊協會秘書長、三星級餐廳首席酒侍、著名酒莊主人，以及三星美食餐廳的老闆。從評審名單不難發現，除了一位算是半官方的，其餘都是產業鏈下游或消費面的專業人士，這和我們的泡茶比賽評審很像，不同的是酒是評它們製作的好壞，而茶湯是評它們被詮釋的優劣。這有點像是烹飪比賽，二次創作比賽。而最大的不同是酒的評審可受公議，茶湯則是「瞬間藝術」，無法重來。這多少讓局外人有「自由心證」的疑慮。同時也增添了評分的複雜性。身爲二〇一五總決賽茶湯評審，我最好奇的是酒與茶湯不同的評審方式。一九七六那次評比採用的是二十分制，共有四個標準——眼、鼻、口和均衡。眼睛評斷酒的色澤與清澈度；鼻子分辨香氣；口是酒在味蕾上呈現的口感及其結構；均衡則是所有感官的總和，共廿分。臺灣自一九八〇年興起的泡茶比賽，通常採用一種所謂的「對比制」，也就是用鑑定杯先泡出「標準茶湯」，讓茶湯評審喝到比賽用茶裡各種品質元素最佳程度的表現。用意是對比參賽者的茶湯如果沒有比「標準茶湯」更好，則意味著他（她）們選用的壺或泡法無法讓茶湯加分，可能遭到評審以此給予不同程度的加減分數。從香氣、滋味、稠度與結構上比對「標準茶湯」給分的評比制度是臺灣卅年一路走來累積的經驗，有它一定程度的美學觀，並無修改的必要。

茶湯表現的理論與現實

但時代畢竟不同了，卅年前與現今的茶湯美學觀在理論與現實之間存在著一定的落差。如今流行的茶湯是在「淡」的基調上表現其時尚感。在日常生活中處處可見「置茶量」極少的偏淡茶湯，但在這一「年青世代」眼裡，那是他們的生活，追求的是觀照心情與季節的美學觀。這種現象反應在泡茶比賽裡，你會發現，茶湯自然而然地向「淡」靠攏。也就是說，選手們寧願過「淡」而不願過「濃」。也許他們相信「淡」至少比較不會把茶湯泡壞。這種在淡與濃之間遊走的泡茶法，在資深評審看來，至少在茶湯結構上是不及格的。這也說明了爲什麼許多優秀的選手都是栽在茶湯上的原因了。

「盲飲」評分的必要性

臺灣興起泡茶比賽三十五年以來，有一個議題從未被關注，更未被深度討論過。這個議題與茶湯有關，也與人性有關；就是把評審看作一個絕對理性，絕對不會受到任何其他視覺、聽覺以及參賽者所採用的杯型，大小，質地等「品牌」因素影響的超人。順著這個邏輯推演，茶湯評審更被同時賦予「泡茶技巧」評分的責任。這個設計的論點是；看著主泡者在泡茶過程中所運用的各種技巧，喝著他（她）們泡出的茶湯，對比之下，立即可以判斷這兩者是否有著必然的因果關係。這種因果關係也決定了「泡茶技巧」評分的高低優劣。這種評分的設計與制度在理論和實務上是合情合理的。但是，這個設計很可能落入某種「視覺」的陷阱。如果你實際參與評審，你很難不受到泡茶者服裝，色彩，動作，的影響而加減了不該加減的給分。泡茶比賽從未考慮過在品酒界常用的「盲飲評分」制度，不知不覺中也陷入了「視覺」的迷思。最近電視上很受歡迎的歌唱比賽節目「美國好聲音」裡，評審一開始總是背對著正在表演的歌者，在他（她）們的歌聲受到肯定後，評審才按鈕旋轉座椅，面對歌者的做法似乎可以作為借鏡。在歷次比賽中，並沒有賽者杯子大小，杯型和質地的規範。實際情況是；一個 20cc 與一個 40cc 的茶湯會因為茶湯量體的差異而在聞香效果上有極大的差異。評審們在不知不覺中，會給了大杯較高的評分。先不論公平與否，「盲飲」和茶湯評審背對參賽者給分的制度和辦法也許是下一個值得研究和討論的議題。泡茶比賽的是與非的爭議，都會有正反兩種理念，其主要論點在於：一、反對者以主辦單位並無實質利益，浪費了可貴的資源。二、更重要的是比賽制度與辦法都應與時俱進，許多做法應適時修改才能不失公平。如：比賽評分應該加入「創意」項目給分才能彰顯比賽的藝術性及時代性。其實這些反對意見都在持續發酵下總會找到它正確的方向。既然有了制度的傳統，照著制度走，爭議可能是最少的。我們不妨把這層意思擴大延伸出以下的結論：一、泡茶比賽制度事關傳統，如果要改變傳統，以目前茶界人才濟濟，人人都會有各自的主張和理念，要找到共識是件大工程，而且爭議更多、更大。最好的辦法似乎應該是：保持這種傳統，繼續走下去。最重要的是把泡茶比賽定位在：「茶藝生活通識化基礎訓練鑑定測驗」，只發證書不列名次，也就是說，通過了這項測驗才算具備進入生活茶藝的起碼條件。如果可行，茶湯表現這個項目中所有的爭議都能一併解決，而且沒有模糊地帶。因爲標準只有一個：理性。這裡沒有詮釋的問題，沒有感性，更沒有所謂的藝術表現等定義模糊的爭論，一切由「標準茶湯」決定取捨。二、所有需要改革和增減的部分應該另闢蹊徑，由有興趣和有能力的組織重新建構一個全新的比賽規則及標準。所有關於創意、感性和藝術性的考量都在這全新的架構下完成。到時候，茶湯表現這個項目的評分標準將可進入一個全新的概念，裡面涵蓋的何止是藝術、感性、生活中關於茶湯的重新詮釋，它更是一個活生生完全加入了「人性」表現方式。不過，那將是另一個故事的開始了

原載於 2015 普洱壺藝 / 茶藝第五十五期

第五章

燈光裡的祕密

燈光裡的秘密

我想用一盞燈照亮你的領地
還要用一首詩來裝點光的情緒

我担心　這光
會不會
偷偷地
洩露了
我對你隱藏了半世紀的秘密
就連詩　也無能為力

新作「燈光裏的秘密」贈老友庶肅秋燕伉儷
戊戌年秋月于臺北

上朝

子夜　整冠　上早朝
關心　擔心　憑良心
下面　關心的是朝服的光鮮亮麗
上頭　擔心的是眾臣的諫言攪亂一池春水
百姓　只在意是否憑良心

2014/10/28　為新作命名　廈門日航酒店

神話與傳說

真實不如虛構
虛構不如傳說
傳說不如神話

神話比傳說浪漫
傳說比虛構精彩
虛構比真實真實

真實比神話殘酷
真實　虛構　傳說　神話
各自守護著各自的次元空間
卻讓觀者免簽
自由穿梭

你不能在神話裡尋找邏輯
一如
你不能在傳說裡尋找真實

2014/12/03 三芝 為葉東泰設計燈一盞命名

五月榴火紅

巴洛克　新古典　折衷主義
福爾摩沙　大正　扶桑國

管他什麼風格
身處什麼時空

五月一到
血紅的榴火　都將
開遍　印染

在古城的
椅背　腳墊　廚房和廟宇的山牆上
永不褪色

2014 10 16 廈門 日航酒店為一盞燈命名

千年之約

穿越風雨　遊歷大千
在時空裡
星雲見證我的修行

為成就更偉大靈魂
我選擇
委身卑微的軀殼

為修鍊王者之尊
我選擇
永恆的孤獨

為赴一個千年之約

我選擇相信
神話　比真實　真實

成龍 是

唯一的回報

2017/06/05 臺北 三芝

給一盞新燈命名提詩——神話裡鰲魚要修行一千年才能變成一條龍

常玉的聯想

是你嗎？
為什麼？這燈光
有你的靈魂　混雜著瑪蒂斯的野獸
和蒙帕納斯的咖啡香？

這燈裡畫的
莫非是你「奔跑的小象」之外
另一幅最後的遺作？

不然　怎能有　如此
曖昧的桃紅　神秘的紫藍
博古的線條　和
你在巴黎夢見的中國夢？

《相思巴黎——常玉展》：趕在展期結束前看了臺北歷史博物館最完整的一

次常玉館藏展。件件精品，其中包括已被認定為珍貴文化財的《菊》與《四女裸像》二幅。常玉雖為四川人，一生無緣來臺，但他晚期最好的畫作都在臺灣，和同鄉席德進在臺享有盛名，可說是和臺灣最有緣的四川畫家。

幾年前收了一對徽派建築木雕，素顏無彩漆，大氣的博古圖，看到的朋友都說很像常玉的畫，一時興起用這對木雕做了二盞燈，用重彩裝飾並以一首小詩應合，想起常玉自然想起這二盞燈，每每失神。

2017/09/02 為一盞燈命名 國立歷史博物館 臺北

瓶花

盤花　碗花　心象花
高兀體　高踞體　盤主體
花花草草　都被水扁

瓶花孤傲　枝枝葉葉
只願被倔強的溫度
擁抱

2014/10　廈門
（為一盞燈取名）

小獅爺在上

剛才登基　就想登頂
有多少人　尚未臣服
有多少地　還沒插旗
白天黑夜
獅王的領地　最大也越不過　這
斗室的溫馨

2014/10/26　廈門　日航酒店

西窗燭

共剪西窗燭　已經
一去不返

失去了西窗
留下了視窗

剪　去了距離　時間
留下了虛空　等待

點一盞沒有芯子的燈
等待　一個晚歸的人

2014/11/02　三芝　為「西窗燭」而作

指點江山

徬徨　無措　我指望你
躊躇　志滿　我記得你

你指的　是心的方向嗎？
你望的　是我心的歸屬嗎？

昨日　你引領我走出幽谷
今天　你要指點我什麼江山？

2014/11/1　臺北　三芝

第六章

臺灣茶事

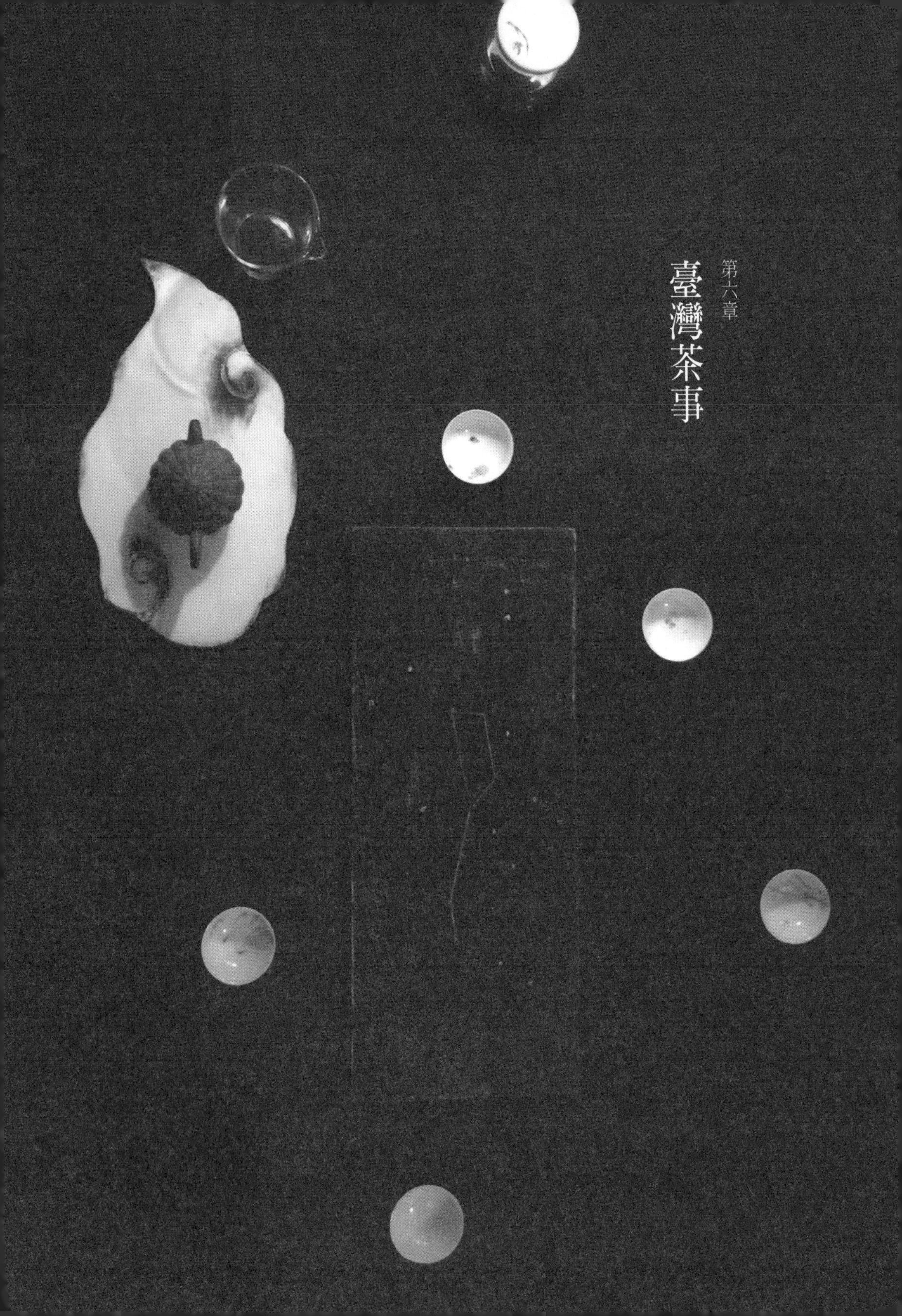

向陳阿蹺師致敬

都想在茶湯裡　指認你
滋味的印記 在
沒有簽章的條索裡　尋覓你
隱藏的秘密

只去遠方
度了一個長假　留下
一票獨自面對的老後
逕自摸索出
轉身後的從容

在
在
時空裡重逢　嗅聞依稀
春風裡甦醒　曙光已無憑

在
歲月裡是否還記得
陽光和風雨的曾經？
猜想得出
凝露般的豐腴？

味覺　未經授權
真實　無法檢驗
辨認　太沉重

無需辨白
眾人對你簇擁過的詠嘆
都早已
寫在了水裡

且讓我為您一一細數
它們別後的際遇

太無情
一年最後幾天

泡完最後幾粒
喝完最後幾杯
擠出最後幾滴
勾勒你最後的身影

追索神話般的傳說
深怕從此失憶　一切都將
重歸虛無！

如果你認識他而且喝過他的茶，那麼不需我贅言，如果你不認識他也沒喝過他的茶，那麼我無法用文字訴說他傳奇的一生，只能說他是製茶史上第一位在「滋味」裡「簽章」的創作者。泡完茶罐裡最後一粒茶，喝完最後一杯，我對他的一切記憶都將重歸虛無。還好，他神話般的傳說都早已寫在了水裡，我已了無牽掛。

2016/12/22　臺北　三芝

臺北西城故事——變調的紅粉金黛

在臺灣，茶已成顯學、一種通識，更是一個文化符號，但你絕想不到卅年前，當臺灣茶風起雲湧茶藝館如雨後春筍之際，竟然受到一種莫名其妙的牽連；治安單位用「有色眼光」看待茶館，糾纏了許多年才在「茶聯」努力下洗刷污名。如今偶然與諸好友途經臺北西城這「原罪」之地百感交集得詩一首：

變調的紅粉金黛

跟著里長伯後裔　腳步窸窣

閃躲著貪婪的眼神
踅進 212 巷的暗夜

勾簾裡閃出　曖昧的紫光

前人赤裸的慾望
仍在燃燒　離了它

食指顫抖　匆匆按下快門
留下了視窗裡　一框
變調的
紅粉金黛

2016/09/03　臺北　艋舺

新芳春夢回大稻埕

慵懶的晨間茶事被群組裡傳來的現場直播驚醒了昨夜的殘夢，王心心南管聲腔宣告了那是臺北市定古蹟「新芳春茶行」修復工程完工及開館記者會，才驚覺我錯過了這場盛會。不過也無妨，因爲直播畫面中參加的來賓大多是陌生人，一定還有更多關心新芳春的茶人並不知道或來不及見證，這曾經吹過百年貿易風的大稻埕茶業風華與這家老茶行所建構出那種獨特的北台茶商文化又重新在昔稱朝陽街的民生西路上飄香的一刻。

匆匆驅車趕到現場仍然感覺到剛散去衣香鬢影琴音繞樑的熱鬧景象。在三樓泡茶，買了記念品，只不過是記錄了我曾到此一遊，但那百年前長長的古董試茶木桌、外銷木茶箱、焙茶間、中西混融的幾何窗格、大樓正立面的山頭卷草紋、西方的忍冬草花紋以及華洋交錯的空間趣味和當時商店與住宅合一的建築風格都是一個時代的印記，更值得百般凝視。我彷彿還聽得到昔日茶場人聲鼎沸，嗅得出正在薰著茶的梔子花香哪！

2016/09/20　臺北　大稻埕

紫色大稻埕

臺北大稻埕最顯眼的南西/延平北路口最近出現了一幢刻意改裝的老房子，臺味十足，檜木窗格宜古宜今，遠看像茶館近看原來是一家專賣臺灣產的咖啡店，據說原是當地著名的「黑美人」酒家（All Beauty）原址。下午三時座無虛席，人聲鼎沸，很難想像是在不景氣的臺北老城區。它們喝咖啡的方式也很「臺」，冰咖啡用玻璃杯，熱咖啡用四隻杯子：一杯熱咖啡，一杯裝滿冰塊的玻璃杯（杯裏一隻裝著熱咖啡的小玻璃試管），一個玻璃杯裡放著一粒大冰塊，一隻約五十cc小陶瓷杯放在一個素面托盤上，這是讓你可以同時喝到冷熱不同口感。咖啡用濾紙沖泡式調理，吧台整潔明亮一派閒情，這讓我想起正在公共電視演播的「紫色大稻埕」。原著小說裏述說百年前這裡曾是收割後一片金黃稻穗，商業文明帶來了紅色和藍色，黃色退位，紅加藍成了紫色，最後褪了色的大稻埕成了古老的顏色，喝完咖啡直覺這老街區正在演繹出一種非黃、非紅、非紫的「新原色」，而這新原色尚未「定色」，正等著我們給它添加新元素！看來這個顏色變換的過程還沒走完，離「定色」還早。

2016/11/29 臺北 大稻埕

大稻埕茶與酒的演繹

臺北大稻埕是百年前北臺灣茶葉貿易的發源地，每次途經此地都不免張望一番，看看是否又有新的飲茶空間在某幢老洋樓裡重生。可惜的是除了最近剛整修完工開業的百年老茶行「新芳春」，如今只剩下迪化街巷弄裡無所不在的創意咖啡和小酒館了。好吧，信步走進南京西路巷口一幢老洋樓，正是丹麥 Mikkeller 精釀啤酒館，聽說可以喝到用臺灣在地茶，依二十四節氣精釀的啤酒。可惜產量有限正在缺貨中，經店家指點才在數百公尺外霞海城埕廟旁找到源頭，原來這家小酒館 Le Zinc（洛正）是不久前名舞蹈家吳素君女公子開過畫展之地，從「民藝埕」入內走到底便是。果然由「啤酒頭」這個新品牌精釀的臺灣茶啤酒太紅，也只剩下金萱茶啤酒一款取名「雨水」，其他由烏龍茶釀製的「穀雨」、鐵觀音的「立冬」、和東方美人的「立秋」都缺貨。「雨水」喝起來除了綿密清爽和要閉起眼睛才能想像的那種若有似無的金萱茶味其實是精神上的豐富勝過口感的刺激。看來，大稻埕的茶還在這懷古的老城區裡繼續演繹著她的萬種風情。

2016/11/23 可人 臺北 大稻埕

衡陽路的茶風景

說臺灣喝茶的當代傳奇從衡陽路開始應該不爲過，全祥茶莊滿足了那一代外省人對香片、龍井和碧螺春的需求，隔壁天仁樓上陸羽茶學教育啓發了全民喝茶運動，西門町茶王樓事件讓方興未艾的茶館走上正途，中華路上一家挨著一家的茶館安撫了那一代老兵的鄉愁。我少年維特的煩惱都在「公園號酸梅湯」隔壁二樓田園咖啡的古典樂聲中得到救贖。八十年代走出陸羽，召喚我的只有三葉莊隔壁二樓的養心小樓茶館，仿歐式建築裡看虞堪平導演出神入化的小壺泡茶，喝一壺四年的老凍頂，凝視樓下對街上午后夕陽的光影。時間靜止得惱人，如今重返衡陽路，小樓已經改建，田園和采芝齋不知所終，陸羽正在拉皮，只有凝視在殘存的歐式建築立面中逐漸遺忘自己。

2016/06/26 臺北 衡陽路

在吧檯遇見你

靈魂　疲憊　嘴唇　渴望
在這裡相遇

眼神　期盼　精靈　等待甦醒
在這裡相遇

來到這裏　為了
藏在苦澀裡的甜蜜　為了
甜蜜　寬容苦澀

都融化在　我們
交談的話語裡

短暫的際遇
酒醉了　有伴
茶醉了　有盼

咖啡醉了　只剩下煙味
見證　真實與虛幻

玻璃杯　讓慾望
無處躲藏　不必隱瞞

再來一杯
才有勇氣面對　窗外的風雨

再啜一口
杯沿的唇印　清楚記錄著
曾經的夢囈
指引著
心的方向

在這裡相遇
在這裡分離

猜想著 下一次

坐在身旁的 會不會

還是妳？

2016/03/22 嘉義 博茶會

大約在 2000 年初臺灣第一次出現所謂的「單獨飲食歧視症」這個名詞，也就是單獨飲食者，明明在餐廳仍有空位時被安排在一個極度不舒服的角落進食，引發了不少糾紛。這讓我想起早年在日本京都一家叫 Inoda 咖啡店的奇妙經驗，中央是一個大型原木橢圓吧檯，約可供十幾人圍坐，裡面僅有二位身著純白色高帽廚師服師傅，一個大電爐平台供應當時正流行的咖啡拿鐵。牛奶和咖啡香甜味在愉快的空氣中瀰漫，客人熱烈地和咖啡師討論著拿鐵的種種細節，當咖啡師傅離開時，客人之間也自然地交談起來。這種融洽溫馨的品飲經驗和方式也許可以解決「單獨飲食歧視症」現象。在昨天開幕的嘉義故宮南院旁的「博茶會」，一個茶空間裡把吧檯式品茶發揮到極致，每位茶師以鑑定杯供應六種茶品給五位客人，因不同茶品而搭配不同質地杯子：紅茶用玻璃高杯、烏龍茶用牙白瓷杯等，以半小時爲單位有效率又極具愉悅氛圍地完成了一次有趣的品茶「實驗」，很有推廣的價值，當然這是要付費的：在現場消費二仟元臺幣才能換取一張「博茶券」享用半小時的午茶時光。

2016/03/22 嘉義 博茶會

一個茶館的消失

繼臺北「德也」茶館憩業，東區經營了卅年的老茶館「圓緣」今年底也將走入歷史，它們都曾經見證臺灣茶藝光榮的歲月，暗淡和期待燕子回來的歲月，是許多人追尋茶和想要以茶來安撫靈魂的青春歲月記憶場所，是許多茶會的發生地，也是許多故事的發生地。我一時也分不清「圓緣茶坊」結束它追尋之路只是一個茶館的消失，還是一個時代的結束？

2014/11/28 臺北 圓緣茶坊

逝者如斯[1]

那人　還留著魯迅的鬍子

逍遙渡的那個長假
忘了返家　只因
有詩香和紅水相伴！

那人　又在維納斯現身[2]
剛跳完一支探戈

仍不忘　他舞影夢痕裡的
三才泡和雙杯　是否
還在流傳

那人　和眾家兄弟
剛才浮一大白
還一直在問

「壺説八道」[3] 究竟會不會
已經被人遺忘

註

1：追憶八十年代茶界三老友季野、方捷楝、張文華。

2：高雄一家舞廳維納斯。

3：張文華所策劃的一檔茶壺展。

2015/10/13 臺北 「逸清」茶館 憶舊

眾人微醺只因水紅

不是說好　還要再試一次　那支
26 泡還有餘韻的白毫嗎？
不是說好　還要再泡一次　那支
永不失味的紅水嗎？

你曾想把自己　飲成一條
流著芬芳的河　如今你

無言語　莫非早已把自己飲成
一棵茶樹

洛夫早已指引過——茶是黃昏時
回家的一條小路

喝完這杯紅水　杯底沈澱著

你模糊的背影

泡完這支白毫　壺底只剩下
你孤獨的靈魂

告別紅水　休戀白毫
告別恩怨　休戀逝水

帶一箱祝福　裝一壺追憶
只當是去度一個
木村拓哉式的長假

不管你的名字叫季野　或是滇生
還是那個　總在茶裡尋找靈感的詩人

老友　長夜漫漫　一路好走　而
我們這場永不散席　追憶你宿昔的茶宴
才正要開始！

2008/06/10　臺北　三之

誰發明了珍珠奶茶？

哥倫布　發現
那個新大陸上——有個
愛迪生——發明了電話

西方人　發現
那隻　黑天鵝——差點搞亂了
臺灣人　發明的珍珠奶茶

發現靠機緣
發明靠躓跛與踉蹌
還要一點繆思的眷顧

它們在偶然與必然之間
隨機擺盪

那場傳說中　發明與發現之爭
早已隨風而逝

去冰與否　無需爭辯
齟齬的　只剩半糖與少糖

甜度與溫度已無關緊要
珍珠和牛奶　最在乎　誰
經得起考驗

來不及參與那場論戰
可以決定味覺光譜裡的「舒適區」
做自己的主人

俱往矣！
只有那首「珍珠奶茶」
沙啞的雙聲帶
還在高腳玻璃杯裡
不捨的迴盪

2016/02/10　臺北　三芝

從「誰是臺灣第一位詩人」看「誰發明了珍珠奶茶」？

1492年哥倫布發現了美洲新大陸。我們說「發現」而不說「發明」，是因爲美洲新大陸無論你發不發現，它早已存在。「發現」它只是「誰」以及「時間」的問題而已。

在商場上，「發明」和「發現」同等重要，九〇年代以前從未有人將珍珠（粉圓）和茶放在一起成爲調和飲料，它是一種「發明」、一種創始。在珍珠奶茶暴紅以後，誰發明和創始這種飲料意味著，誰是「第一」的概念。當世人只記得第一個登陸月球的是阿姆斯壯，而少有人記得第二個登月的是何人：「第一」意味著「商機」，可以著墨之處甚多，自然爭之者眾。

「誰是珍珠奶茶的創始者」之爭在兩造間造成的傷害和業界好友間造成的困擾，讓我苦思良久。我總覺得這種爭鬥的背後到底能爲我們帶來什麼樣的「啓示」。於是我想到了「誰是臺灣新詩第一位作者？」這個議題

在新詩史中有「誰是臺灣新詩第一位作者？」的難題，而在茶界中也有所謂「誰是臺灣珍珠奶茶的創始者？」的爭議。兩者看似風馬牛，但前者在文學史上有一定的文化高度，其議題討論過程中的一些論點，在某種程度上定有可供重新省思這個「爭議」的新思惟和價值，或可從而獲致一個更深層意義的可能。

在「新詩的第一位作者」議題中的兩位主角，是本名謝春木的追風和施文杞。追風是彰化芳苑人，1924年四月十日在《臺灣》雜誌第五年第一號上發表了一首日文組詩「詩的模仿」，作者自

註該詩寫於 1923 年五月廿二日。施文杞，彰化鹿港人，在 1923 年十二月一日出版的《臺灣民報》第十二號上發表了一首中文詩「耕餘君隨江校長渡南洋」。作者自註寫於 1923 年十一月十三日。由發表日期看，追風寫得早發表得晚，施文杞則發表得早而寫得較晚。

史家在這個議題上多以追風爲臺灣新詩的濫觴，後人也多所引用，但論者以追風自註寫詩日期早於施文杞，實屬自由心證，而且該詩以日文發表，在語言的使用上也大有問題（1980 年才由月中泉譯爲中文）。所以亦有人主張應以「施」詩爲臺灣新詩的第一位作者。

史家及學者均強調追風而忽略施文杞，主要是推崇追風在技巧上略勝施文杞。在文學史上的評價、在詩史上的影響和意義都超過施。因此，對以根據發表新詩時間早晚推定誰是第一人，多認爲「恐易流於歷史論述的武斷」，而根據詩人向陽在聯合報發表的論點：「歷史的論述在文獻之外還存在著認識論、方法論和意識形態等三個不同層面的課題」。而「歷史論述並無單一的正確看法。」這似乎暗示，認定誰是「第一人」只能說是一種對「歷史論述」的選擇而已。

我對上述論得到的唯一而強烈的印象是，對詩史及文學上的貢獻及影響遠比「誰是第一位詩的作者？」來得重要或更有意義。

回到本文的主題，「誰是臺灣珍珠奶茶的創始者？」這個有趣的提問，數年前曾經造成茶界不少的困擾。這故事背後的主角是茶界響噹噹的企業主，台中的「春水堂」及台南「翰林茶館」的精神領袖劉漢介及涂宗和。他們爲了「誰先創造了珍珠奶茶」而好友反目，周遭朋友也都爲了避免捲入紛爭而噤若寒蟬。其實他們這場顏面之爭均未得利，反而傷了多年友誼，甚至在司法程序中也未有定論。這要話說重頭；早期冷飲調味茶剛開始風行之初，並未獲得茶界主流的重視，只將其歸類爲休閒飲料，當時茶界多將注意力集中在小壺泡及其周邊相關議題上，因此未留意冷飲調味茶的迅速發展而錯失許多第一手資料。而當冷調茶市場大好，眾人紛紛投入研發，每天都有新的飲品上市，眞可謂是「創意無限」的年代。當然珍珠奶茶也極有可能在那個充滿創意的大環境中被「一些人」在同一時期創造出來。但不像一首新詩的發表有一定的「精確性」，第一首詩的問題不在文獻紀錄，而在史家「論述」後的選擇上。但珍珠奶茶在創造之初並無「發表」這回事，使得「舉證」上發生困難。就連宣稱是「創始者」的二家企業也只能憑追憶提出「間接」證據。最重要的是「珍奶」一夕爆紅，在眾人回過神來想要「登記著作」之前早已成為「廣泛使用」的普通名詞了。他們雖宣稱「不只爭一時，也爭千秋」，其實知道內情的都能理解這只是一場「顏面之爭」，但在這「顏面之爭」背後卻隱含著複雜的心理因素。

對於一個藝術創作者而言，他們最介意的是要確保「文化發言權」，也就是對作品的詮釋權。正如同電影導演是誰，就決定了這部影片的「文化內涵」及「人文況味」；希望別人知道「導演是誰」等同宣告自己是這部電影的「品味所有權人」，是以和其他電影有所區別。因此只要把電影拍好，讓它成為某類型的經典，其實就已經完成了「品味所有權登記」了。

就這層意義而言，一個企業體如何把珍珠奶茶「做好」，讓這創意商品，一個極其常民的飲品成為經典，能流芳百世。在市場上，這飲品是「某家的」而不是「別家的」。把「珍珠奶茶」做好其實還包含了其他更深層的作為；在一個日趨重視身體環保的社會，這個企業是否認眞對各種添加物、防腐劑、反噬脂肪、熱量等消費者最關心的細節上投資研發，其終極目標是要原料供應商完全符合企業品管要求，而非以方便法「便宜」取得市場既有原料。在粉圓的配方上能否站在美食的立場探究地瓜粉與樹薯粉的優劣。當這些都做到了，最後才能談到形塑企業調味茶的「品飲美學觀」，教育並帶領消費者「飲」出健康，促進生活的幸福感，在美味與健康中取得平衡，並在消費上知所節制和取捨。因此「誰賦予了珍珠奶茶在文化上的價值」遠比只贏得「創始者」

頭銜而無所作爲要更有意義得多。

珍珠奶茶風行海內外近廿年，看來這種流行趨勢仍未退潮，這個極可能在未來成爲代表臺灣形象精品的飲料，正等著那些爭著要保有「文化發言權」的企業的努力。

原載《茶藝 ‧ 普洱壺藝》第二十六期

後語：車裡CD播唱著「一旦粉圓大家嘎叫珍珠，奶茶變得無限乀豐富」，那「雙聲帶」的招牌嗓音哼著林文隆的詞曲，又把我帶回那幾年茶界為「誰是珍奶的創始者」爭鬧不休的年代。

如今看來一切都已雲淡風輕，正是「珍奶照喝無人問，誰是創始第一人」。

2016/02/10 臺北 三芝

茶桌上的人類學家

那人
在一張臺灣檜木桌上
泡茶　待客

眼睛卻盯著
天邊的彩霞

心裡想的是
明天孔廟老榕樹的告別式茶會
嘴裡唸唸有詞　推敲著
傍晚要向夕陽的告白

左手剛接過　演出的企劃案
右手正好倒出差一點
「浸」到了的茶湯

腦子裡的點子　還有一籮筐

肚子裡翻滾出
無辜的胃酸

他的田野　不在田野
不在參與式的蹲點

他的田野　在茶桌上　在茶會裡
在一首一首詩的詠嘆裡

在眾人淚水的國度裡

莫非　他在替天行善？
怎能　如此這般理直氣壯！
攬下人類學家的差事

曰：不可讓馬林諾夫斯基知曉

註：馬林諾夫斯基：波蘭裔英國人，民族誌之父，人類學家。
2015/07/16 可人 三芝
2017/03/29 可人改

一本茶書的誕生

究竟需要多少個仰望星空的夜晚才能造就一本茶書的誕生？

老友賴彥廷老師要出書了，連書名也豪氣萬千——「直取茶湯」，這本不奇怪，他的多重身份使得這本書倍受關注和期待；他既是炭焙師、也是焙茶技術知識的傳授者、既是茶商也是生活家和美學家、以廿年蝸居台中一方天地，以內斂、自省、默默修鍊成一身炭焙工夫，並自佛理中探索出生命和茶的共修關係，是個不折不扣的雙修得道者。難得的是他毫不吝於分享他在「焙、泡、聞、喝」的困惑中加入了他自佛理中頓悟出的獨特心法，與他一同在共修茶的道路上的茶友共享所有的美好。

雖然這本書要三月九日新書發表會上才能面世，但在多次空中對話裡早已感染了其中的正面能量和深邃之處；換言之閱讀這本書絕非一洩千里，毫無懸念，例如他一再強調的「茶湯錯慰論」直指過度耽溺於茶湯的療癒絕非茶湯的初始正念。這無疑是一句灌頂之言，不禁聯想到王心心在她的「普庵咒」創作中提出的「平凡眾生想藉吟誦咒歌與神溝通是一種方便法門而任何形式的色聲、香味都是空相；以音聲求不能見如來，因此在優美的歌聲停止的剎那應有所感悟，方才止歇的華美聲色其實只是一種鏡花水月的幻影」。我對這樣的醍醐灌頂之言總有無盡的困惑而不得其解。對於一個平凡的飲者欲求在茶湯裡尋找慰藉竟然也可能是一種「錯慰」，或許這要閱讀全文才能解其惑，這種具有深度辯證的文本才是閱讀的二次創作也是樂趣的所在。

自從去年（2017）老龔的那本自詡爲「傳記茶學」的《太初有茶》問世以來，我似乎嗅聞到一種「山雨欲來」的氛圍；多位資深茶人都在默默地籌劃一種有別於過往的新類型茶書，這將形塑臺灣茶書文化的新氣象，讓多元文類著作成爲未來茶書的趨勢，值得大家的關注和期待。

2018/03/05 臺北 三芝

茶與花的雙修之路

追憶臺北 1987 花伴茶來 ‧ 茶花樂宴——茶與花的回首來時路

現代臺灣的茶與花互相輝映，爲茶空間增添了許多意趣。且讓我們回溯到茶與花相遇的從前，從古樸斑駁的照片記憶中，看到彼時相遇的火花經過了近三十個年頭，如何燃燒得精彩繽紛。在中國人的情趣裡，茶與花總是形影不離的。除了人們常說的琴棋書畫外，宋人提倡的四藝：插花、點茶、焚香、掛畫、茶賞（賞花品茗），以及琴、棋、書、畫、茶、酒、花的記載也一直根植人心。從蘇州移居，在臺灣生活了六十年的「茶仙」潘燕九更有詩書畫印帶茶香的美句，其中似乎少了花的影子。其實他心裡是有花的，只不過他的花是用環保的概念以手工製作的「紙花」插在眞瓶裡，也另有一番情趣。他還有一副對聯：「野花閑草信手入瓶得四面春風，文山武夷隨意點啜能八百高壽」。但那些好像都是古人的生活情趣。在傳統文化流失，西風東漸，中國人生活頓失依靠、人們悵然若失的現代，茶與花，除了在一年三節裡敬神供佛，在生活裡也降格成了柴米油鹽醬醋茶。茶與花似乎仍在繁忙的社會之外迴盪了。在臺灣，它們眞正相遇，而且碰撞出火花，還要等到 1987（民國七十六）年，由蘭藝社、郵政博物館、中華花藝、天仁基金會，以及中華茶聯等共同發起主辦的「中國插花生活藝術展——花伴茶來」與「茶花樂宴」才看出乾坤。那次展出，結合了傳統花藝、茶藝、樂藝、建築、造園等各界精英共同合作，在新成立的郵政博物館二百五十坪的場地裡，造設廳堂、書齋、茶室、庭園等雅緻空間以及園林、樹石，現場生動的茶藝展演在在都呈現了當代中國人生活的各個面向和夢想。這項完整而富創意的結合，實爲空前的創舉。開幕當天，還有一場精緻的「茶花樂宴」，由茶藝展演，名家講茶，百件插花主題作品，漢唐樂府現場演奏南管樂曲，並以精美茶食、花食、茶飲、花飲獻給現場賓客。一時衣香鬢影，賓主盡歡。這次活動不僅是對剛剛萌芽的茶與花藝的一種獎賞，也對爾後廿年兩者的走向產生了微妙的「化學作用」。這次展演有以下幾點值得深思：

茶與花的分庭抗禮

在當時（1987）的時空環境下，茶與花是分開來看待的。茶人不會插花，花藝家未必人人懂茶。兩者均以「技術含量」自居高位，唯茶較民俗，販夫走卒都能上手泡茶，並無一定的標準。插花則需長期修練，才能十年磨一劍。因此，當茶席上需要花的加持時，花藝老師就扮演起「導師」的角色了。以「花件茶來」那次展演爲例：當茶席由事茶人佈置完畢，花藝老師才將插好的「小品茶花」，按花藝老師的審美分別放置在茶席的適當位置。這時，事茶人與這茶席之花是沒有情感上連結的，也不足以表現茶席主人的審美修爲，這情況在今天看來不可思議，但在當時可是「理所當然」的。

茶與花的合體

茶與花在臺灣最早受到關注和重視是由「茶席之花」開始的。而它最重要的舞台即是當時流行、俗稱的「泡茶比賽」。因爲比賽評審們大都對花藝老師直接參與「茶花」的創作了然於胸，如果一個茶席因爲花插得好而給了高分是很不公平的事，所以當時插花在茶席比賽中是不計分的。因此，有一段時間茶席之花逐漸由事茶人自行打理，這才有把「茶花」改以小花小樹等佈置茶席，而不一定要以插花的型式存在的現象。這種情形逐漸起了極大的變化：即茶人開始學習插花，而且把它看成「當務之急」。如今一個茶道老師不會插花，或者對插花沒有概念是別想在圈子裡「混」的。當然，如今的茶道老師並非全是科班，但插花這件事早已成爲「通識」了，換言之，茶道老師與花藝老師已經「合體」而成爲「雙修」了。我們早已經分不清楚誰是茶道老師，誰是花藝師了，這對臺灣茶文化的發展和提昇有很大的助益，從此茶人可說是又向「全方位」跨了一大步。

茶與花的第三種選擇

茶與花是密不可分的。廿年前，你只要顧好面前茶席的一方小天地，「小品茶花」幾乎可解決所有花的問題。漸漸地，茶人開始把花的概念延伸到茶席四週的主體空間，最後演變成茶席的延伸性愈來愈大，大到必須向大環境靠攏妥協，目前流行的茶空間概念已非從前小小的茶席可以比擬的了。這也意味著傳統花型已無法滿足大型茶空間，而必須另闢蹊徑找出第三種選擇。因此對大空間、大環境的處理能力無論對茶道老師或花藝老師都是一種考驗。第三種選擇，目前流行的處理方式，最明顯的是「放棄『主．客．使觀念』，只把心思放在處理花的『光影效果』上」。比如以大型甕，插上樹枝、樹幹、修剪、調整造型，利用光把樹枝的光影線投射在地板或牆面上，不必主花也可完成一個立體而有層次的三度空間造型。既不奪目，又可產生畫龍點睛的效果。如果空間夠大、夠空靈，這種「玩」光影線條的方法也不失一種好的選擇。臺北的大型茶會、展場或茶館空間到處可見這種處理方式的影子。讓人詬病的最多只有一項：「缺少季節感」，但這需要極大的人力、物力後援。不過那又是另一個議題了。看來，茶與花的關係將會繼續演繹下去，驀然回首，過去的來時路將是最好的明燈。

原載於 2014 普洱壺藝 / 茶藝第五十一期

究竟需要多少個偏執的味覺才能造就一個品種的消失？

喜歡喝臺灣木柵鐵觀音的朋友尤其是資深的茶友，他們在買這種茶的時候都會先確認是否由「鐵觀音」品種做的鐵觀音，也就是俗稱的「正欉鐵觀音」，但從比賽茶的角度，正欉已經是個歷史名詞了，正確的說，從民國九十七年（2008）以後，木柵鐵觀音比賽單位就已經在各方質疑下把「正欉」二字在包裝盒上消失了，原因是因爲參賽的茶並非全都是正欉，近年也失去了評審的關愛（正確的說是鐵觀音品種難種產量少），而把它神主牌地位讓給了金萱這個品種，這究竟是評審味覺的偏執，或是正欉的品質優勢不再？究竟是評審口味的轉變影響了消費者，還是消費者的品味反過來影響了評審對市場的價值判斷。這眞是一個雞生蛋，蛋生雞的問題啊！我個人很少關心品種問題，但從內地茶友們的反應讓我驚覺他們所謂的「好球帶」大都集中在金萱上，這是我送「頭等獎」給他們時始料未及的。我回想起來自己似乎有意無意地把正欉留下，而把非正欉當禮物，沒想到卻歪打正著（頭等獎的品種有資料可查）。去年（2017）底在內地一個茶會上我當場開封了一盒 2012 年木柵頭等冬茶，驚豔全場，又是金萱，於是我開始思考一個自己無法改變的趨勢：「金鐵」屢屢得大獎而正欉又在產量少，焙火上又抓不準評審的口味而屢遭挫敗，這會不會在可預見的未來導致正欉逐漸退出市場？一個沒有正欉參與的比賽茶也許事小，但一種「味道」的消失正是飲者永遠的惆悵。一種味道的消失代表著一種記憶的消失，這可不是一個文化上的小事啊。

就事論事，金萱這個品種的優勢人盡皆知，但從經驗值看來它唯一的不確定性是它久藏的續航力，也就是它是否經得起時間的考驗在變成「老鐵」的過程中提供正能量，這個問題木柵資深專業焙茶師張智揚從長達十年以上尚在實驗中樣品證明是肯定的。卅年前我們迷戀在正欉鐵觀音弱果香裡若有似無充滿男性麝香及溫暖低沈的奶香味，如今經過多層次的焙火使得金萱強烈的奶香大大地降低了她的侵略性而變得更加偏中性溫柔。

也許我們可以這麼說，金萱其實很適合拿來做鐵觀音的，這可能是評審及年輕消費者喜愛的原因吧。

回到本題，從一個「茶的通識論」角度論品種，木柵鐵觀音品種來自安溪，而安溪最好的品種是「紅心歪尾桃」據業者表示木柵正欉多屬「青心鐵觀音」品種，二者大同小異，但紅心歪尾桃質優難種產量少，在大陸也是個兩難的選擇，除非是專業，很少人能分得出其中的差異，如果一旦青心鐵觀音的「味道」因爲各種原因消失在人們的記憶裏，安溪鐵觀音也難取代。

不過，從中國茶產業宏觀角度看來，「變」是永遠的「不變」，沒有一種製程是永遠不變的，如果沒有廢團茶，十八世紀會不會出現烏龍茶及伴隨而來的工夫泡都是問號，如此看來，一種味道記憶消失的惆悵或許眞的只是爲賦新詞強說愁了。

2018/01/31 臺北 三芝

第七章

四海遊蹤

京腔賣花女

京兆尹　看不見
賣花女孩

五道營　聽不見
她的叫賣聲腔

看她
多從容　隨香流動

疑她
倆　拾伍
仨　二拾
最後市井的京腔

尋她
彷如　尋

祖輩的鄉音

疑她
來去無蹤
可能在霧裏
也許在風中

猜她
一定在某處
等待春風　拾得
萬紫千紅　再現
紅塵巷弄

等她
隨聲聽腔　何須
尋覓芳蹤

2014/04/28　北京　五道營

每次到北京總要抽空去京兆尹旁的五道營遊逛一番，幻想著也許能再遇見那個講「老北京話」的賣花女，她的聲腔抑揚頓挫，用字遣詞和一般所謂標準普通話絕不一樣。我買了她兩束花，她那一聲「倆拾伍，仨二拾」市井京腔彷彿是我那些有著正白旗血統的姑姑們，在我兒時打麻將嘻哈的回音，那聲腔如今只有北京公交車上的女服務員和司機口中才聽得到。說也奇怪，自從那次驚鴻一瞥，幾次路過再沒見過她賣花的身影，我四處張望，隱約聽見她叫賣的回音還飄盪在凝結冷冽的時空裡。

2014/01/15 北京 五道營

北京是個無處掛鳥籠的皇城

北京是個
無處可以掛鳥籠的皇城

成都是個
無法閃躲辣椒的遠方

廈門是個
用烏龍茶寫歷史的他鄉

潮州是個
把工夫茶當神主牌膜拜的廟堂

蘇州是座
在被遺忘的時空裡　傳唱
不願被遺忘的庭園

香港是個
理性永遠駕凌感性的港都

深圳是個
六大茶類都會找到知音的城市

台南是個
老是和時間不期而遇的古城

臺北嘛　那是個
滿街都在說茶的道場

唯有喝茶
是他們共同的主張

臺灣作家林德俊的一首詩：

他懷的舊並不久遠，
只是剛剛過去卻同樣一去不返，
在北京你找不到北京，
北京在別處。

他說的「在別處」很能穿透那些外國人或外地人對北京複雜的懷舊情懷，他們不約而同地懷念那個早已一去不回的北京，彷彿希望北京永遠都停格在他們想像中的樣貌，一個老外這樣感慨：「北京變了，變得連一個可以掛鳥籠的地方都找不到了！」你能用一句話傳神的形容某個城市，讓人會心一笑嗎？我走訪過的城市不多，如果以後無緣重臨斯地，這首絮語般的小詩很可能是對這些城市永恒的記憶了。

2015/07/17 三芝

夜訪左君

夜入長安尋絲路
天明離別秦嶺孤
茶家若相問左君
一片冰心在玉壺

仿〈芙蓉樓送辛漸／盛唐・王昌齡〉
丁酉仲夏與美杏、東泰、張山伉儷夜訪西安左見蓉君
2017 仲夏 西安

夜遊鼓浪嶼

鼓浪嶼早已過度商業化，原味盡失，但夜遊也許可以還原它「眞實的面相」，雖然同時也帶來某些虛幻。還是讓與環齡／珮玲合作的三首小詩來說吧：

鼓浪嶼　夜遊　立冬
昔日　洋樓　請暫留
停車　借問
指引回家路的　應是
那間
看海的角樓

2016/11/07　可人　鼓浪嶼

今夜　舊樓　不能留
駐足　借問
遙指懷鄉路的　應是
那朵

天邊銀盤更漏？

（11/8 享阜）環齡
2016/11/07 夜入鼓浪嶼

昔時　舊友　紅磚樓
佇足　細盤
道是　柳細花紅　應是
那頭

是昨是今是無著？

（11/8 龍龍）珮玲

不眞實的夢幻之島

真實的築夢之島

鋼琴島　暢遊　冬至
停步　借問
這空氣裡
迴盪的琴聲

可是
指引回家路

那座
望海莊園發出的[註]
聲聲嘆息？

鋼琴之島、夢幻之島、海上花園、萬國建築博覽會、中國最美的城域、無論你怎麼稱呼這距臺灣最近的世界文化遺產，這座小島最迷人的風景都離不開那一幢幢橘通通的洋樓和它們背後一篇篇動人的生命故事。人們都說這些洋樓是世界近代建築的縮影，但在那位有著詩人般氣質，為我們導覽的吳老師眼裡，都不過是一種 clone 建築，可在我們這些外來的朝聖者眼裡，這些姿態繽紛的洋樓群充滿了童話的夢幻。可不是嗎？你看那位美麗的廈門女子領著她大江南北習茶的同好們回到她的出生地，無非是要向孕育她的土地告解，一同獻上她茶道受證的榮耀，這和廿世紀初無數海外華人在異地賺錢後用建造洋樓的方式光宗耀祖，在故土築夢的心情何其相似。還有那些在亂世裡遠離政治的喧囂，選擇隱退孤島不也是另一種築夢的方式。

說鼓浪嶼是個夢幻之島，不如叫她築夢之島。

註：望海的莊園—臺灣板橋林爾嘉林景仁父子所建的菽莊花園

2018/12/ 29　廈門　鼓浪嶼

大隱於市的上海茶空間

中國內地大小城市裡，茶館何其多，但你要找一個眞正可以坐下來舒服地喝杯茶的空間可就難了，難在哪裡？一時說不清楚，你非得親身進入某個空間讓直覺告訴你：啊就是這裡了！所以每每有朋友初到一個陌生城市總會問：哪裡有喝茶的空間？也就不奇怪了。好在總有比你更心急的小伙伴，替你事先打聽好了，在上海法租界滿是梧桐行道樹、清幽的小區巷弄、小洋樓裡藏著一個有茶味的小空間，後院桂花樹下可泡茶聊天，室內滿是上海風格家具，半圓西式起居室，另有和式小間隨時可起一爐炭火，櫃裡盡是中國和日本古董茶器具。主人是個清秀的道地上海年輕人，他給自己取了一個不俗的名字：『讀白茶書房』。案桌上佈置了一套青花釉裏紅日本茶具，銀壺嘴裏冒著輕煙，似乎隨時都在準備泡茶待客。一番客套後，他用小壺泡了老烏龍，味道很正點說不上來產自何地，既非武夷也非鳳單，當然也非臺灣烏龍，估計是廣東烏龍。我們送給他一罐鹿谷條型紅茶和一包民國八十年代老凍頂，主人換了一套茶具；紅泥小四杯水平壺，日本青花翻口小瓷杯，當下就泡了老凍頂，茶湯一入口不覺一驚，竟然比我在家泡的好太多了，泡出我從未泡出的好滋味；泡出了令人驚訝的陌生感，難道這就是『情境美學』的眞實體驗？情境創造了滋味，滋味也帶出了情境。主人一時性起讓我們欣賞到他收藏的茶具精品，對於這些精品背後的故事更是娓娓道來如數家珍，估計是個收藏家，也是他的生計。初次見面就聊起了他對茶空間的夢想，手機響起，想必是下一批訪客，才匆匆告辭。

走出這大隱於市的洋樓小院竟有些失落感：下次再來滬上，我們究竟要用什麼來支付主人的盛情？畢竟我們無法用「收藏」古董作爲延續這種幽然品茶關係的交易工具，這是否意味著我們將繼續尋覓另一個大隱於市的小院風情？這是我們遊訪神州的宿命嗎？一時啞然。

2018/10/22 可人 上海

北京蹭茶記（一）

午夜流動的茶宴

如果　厭倦了雍和宮的喧鬧
五道營　絕不會讓你無聊

造訪一下箭廠胡同裡　剛從
儒林外史走出來的
大漆傳人　喝一杯　他
不知名的　山茶

嚐嚐　那家　新上市的
小暑青黛　立夏浮萍

瞧瞧　那間
南通染房親戚開的裁縫店
做一場　雲想衣裳的夢

喝一泡 還在等著主人
歸來的茶

繞過方家胡同46號
大雜院 等著你的是：

剛扎完針的大夫
剛下班的大廚

正要開始 他
巡城夜遊的美食家 還有那
捨不得回家的文字工作者

路過的觀光客 和
才從車陣裡逃出來 驚魂未定的
收藏家

正在 曬他們各自界定的好茶

總會有人執壺

總會有人驚嘆

總會有人入席
總會有人撤離

這午夜　流動的茶宴
離散場還早

胡同裡　缺少一隻司晨的雞

子夜一過
鄰家大爺　剛睡飽
發出了第一個早睡的旨令

蒸騰的倦意　不捨地
尋找著回家的路

只留下
那隻名叫　「小野」　的狗
和主人忠心守候

這胡同裡　餘韻猶存的

仲夏夜之夢

2016/05/18　北京　方家胡同

北京蹭茶記（二）

蹭茶有理

在京城　晃蕩
鳥籠　無處掛
想喝茶
還得靠蹭

鑲黃旗後裔女孩開的小店
爐火未燼　壺裡有餘溫

主人尚未走遠　莫非
也在別處蹭茶？

已開封的白茶　正好填補
心的空缺

武夷　普洱是基本款
新茶　老茶要看造化

今晚不宵禁
月光遇上了天光

一壺茶　喝到地老天荒
掏空了話匣子　深怕
這胡同睡著了

主人終於忘記返家
莫非此地
是大同世界？

撤　不撤　是大哉問

來　不來　還看今宵

2016/05/19　北京　方家胡同

從艦隊街到金融街

立頓的 Clippers
在倫敦艦隊街下錨

兩個東方美人
在北京金融街
思索著
迎賓茶要怎麼泡

兩條街飄著茶香
連結西方與東方

艦隊街上的報人
都喝 Lipton Tea

金融街上的民工　總能
用他們靈敏的鼻子　找到

藏在綠蔭深處裡的
「竹里小院」！

2015/10/20 北京

小院風情

昨夜　我在
禮賢下士的胡同裡
尋幽訪勝

今朝　我在小院露台上
聽風鈴獨奏　她
自譜的天然調

聽眾只有

滿園的花
剛探頭的旭日
慵懶的風
一碗茶　和一隻
似懂非懂的貓

2015/10/23　北京　禮士胡同

造訪北京——給我一個理由

北京胡同裏深藏著無數我們稱之爲創意的小店，不管是充滿著大江南北家鄉傳統手藝的小吃店、個性裁縫舖、服裝店、即將失傳的手工藝店、咖啡館、茶館或是愈夜愈美麗的地下音樂酒吧、只要你有時間，有人帶領，都會是你流連忘返的地方。最重要的是它們竟然是我不時造訪京城極少數說得清楚理由的——「蹭茶」聖地：從國子監到雍和宮、五道營胡同，從箭廠胡同到方家胡同裏，好像永遠都會有人點著一盞燈，煮著一壺水等著你的造訪，不用花一塊錢一泡茶接著一泡茶，讓你喝到地老天荒。當然，你得「付出」些「感情」。這是多麼奇妙的城市旅遊經驗呀！不過這一切都在可預見的將來成爲回憶，因爲一個胡同整治工程正在進行，市政當局想的是如何恢復八十年代之前胡同樣貌，如果沒有證明，所有租約或增建都將失效，強制回復原狀。突然間，這些充滿人文氣息的胡同像是洩了氣似的籠罩在一片低氣壓中，自私的我愁的是；重臨斯地將看不到操著京腔的賣花女、喝不到好像剛從儒林外史走出來，那個大漆傳人的野茶、嗅不到南通染房裁縫店剛做好的藍草味、再度造訪京城！給我一個理由！

2017/06/18 北京

千年南音尋古韻

一個悶熱平常日子的傍晚，泉州文廟公園裡有人跳著快節奏的廣場舞，「泉州南音傳習所」八點不到上百個座位已經八成滿，大人正準備要看一場再尋常不過的南音演唱，孩子們在廟前石板路上追逐嬉戲。除了前排收費茶桌其餘都是免費的。「南音樂府」演員已經就緒；右邊洞簫、二胡、左邊琵琶、三弦、中間響板、舞台二旁有電子字幕，樂聲響起，並無人鼓掌，客人進進出出，志工忙著爲眾人倒茶，有人低頭看手機，有人閒話家常，一派閒散景象。似乎少有人專注台上的演出，但你問鄰座婦女，她會笑著告訴你現在唱的是「左右三思」，前一段唱的是「楊貴妃」，因爲她已經是十幾年的常客，對於這裡種種可以如數家珍。台上表演當然不是廟堂之上正襟危坐的精雕細琢，他們知道這只不過是「傳習所」非職業演出，南音對他們來說是常民文化裡的柴米油鹽，每日來此只不過是一種精神上的依歸。今天沒有大咖演出，也沒有前幾年遇到的客人忙打賞，司儀忙著用泉州話「感謝」的情景。

曲終人散各自回家，公園裏廣場舞還在跳，一旁「奉茶」冷飲店燈火通明，是叫車回酒店前唯一的救贖，不免想起了台南那個「人類學冤家」，是否還在忙著修改他向夕陽的告白。

這是泉州一日的平常，但對於一個外來的觀光客而言，凝視了一整晚，我的夢裡一定又是南音伴我度藍橋，甜蜜的不得安寧了！

2018/07/25 泉州 文廟

草地音樂家

在內地少見街頭廣場上有藝術家即興演奏，賺取生活費，也未見所謂合法街頭藝術家在熱鬧的景區表演。最近拍到三個像是社會邊緣人的老者，分別在北京、香港地鐵裡及蘇州平江路上、以最傳統中國弦樂器兀自拉起一些沒人聽得懂的曲調，顯然是圖個溫飽而已。偶有警察驅趕，但如果你近距離仔細聽，那些沒板沒眼的曲子蒼茫又哀怨，似乎在重複著自己過往熟悉的曲調，身邊專家告訴我，香港、蘇州老者拿的都是二胡，北京那個頭髮眉毛全白老者拿的是河南戲曲中才有的墜胡，他拉的曲子細碎而綿密，緊湊中帶有節奏感，閉上眼睛彷彿像是京劇《宇宙鋒》反二黃慢板的那段慢板小節中又有綿密的快節奏，很想坐下來仔細聽出個所以然來，無奈他時拉時停像是在調音，毫不在乎到底籃子收了多少錢。香港那個拉二胡的，廣東長者都說像是廣東大戲祝英台。平江路那位還沒成曲就被驅趕。在一個外地人看來，這才是道地風景，代表中國音樂文化底蘊在最底層，不經意的看見民間音樂仍然冒著熱氣。

2015/10/28 蘇州 平江路

蘇州平江路上評彈演唱家的服裝美學

蘇州評彈，一把三弦兒、一把琵琶、男長衫、女祺袍、走天涯，像是輕騎兵機動靈活，曾經溫暖過多少長三角的遊子心。據說長衫旗袍的傳統長達三百年，每次演出後他（她）們總是換回便服返家，把長衫旗袍小心掛在演出地或打包帶回家。他（她）們把演出穿的長衫旗袍看成專業的象徵，穿上它才算眞正入「戲」，演出也像是被某種靈魂加持，那種精氣神在演出的當下如神蹟般被附身的感覺可想而知。幾位臺灣朋友受到了感染也跟著訂製了幾件長衫，作爲他們在某些演出時的「戲服」，曾被我笑說是想藉「徐志摩」詩魂行走江湖。愈走進平江路我愈不敢笑了，今夜，這樣的感覺特別強烈。

2015/1027 蘇州 平江路

包包的旅程

把歲月放進包包
在光陰裏打扮時髦

鎏金的夢
最容易醒來

還有一場繽紛的茶會
等待迎賓

還有一輛皇家馬車
等待揚鞭

包包裡　歲月　靜好
鎏金的夢　尚未醒來
這場時間和夢的競賽

真的
與你無關
你在萬有引力之外

趁著
地未老　天未荒
送你回歸山林
重返自我

告別是一場
最後的儀式
也是
最好的結局

最後一次　為你
整束行裝
釐清前程

沒有繽紛的茶會
沒有揚鞭的馬車

帶著第一個主人的初衷
第二個主人的滄桑
用自己的行腳
走完這趟 只屬於
一個包包的旅程

這首小詩原是 2017 年為一盞新設計的檯燈戲筆之作（鎏金歲月），詩的內涵與燈無關，只是看到收藏這盞燈的女士身上的包包有感而發，直覺把我帶進一個虛幻的夢境：一位貴婦挽著手拿包，頂著滿天的星斗，乘著一輛皇家馬車正要參加一場繽紛熱鬧的盛宴，剎那間整個畫面凝結在冷冽的寒冬裡，彷彿這一切都與歲月無關，成了永恒的停格。

去年（2018），廈門皮件名牌 Grotto 老闆黃柏青見我身邊他設計的一個包包「包漿」得不錯，直誇很有歲月的滄桑感，要求把它收藏在他的「包包博物館」裡，換回一個新包包，條件是要為這包包寫一首「告別詩」，靈光乍現，我直覺「鎏金歲月」很適合，於是在「你在萬有引力之外」後加了一段，算是狗尾續貂吧！

2019/02/17 廈門

一個觀光客的凝視

我在平江路上　凝視

深夜　琵琶聲暫歇
石板路上　猶有未歸人
莫非　還在等待
鶯鶯操的那把琴
入囊安息？

我在寬窄巷裡　凝視

老茶館　竹椅上　八旗子弟
飲者端著的
那三件式蓋碗　是否
由此傳入京城？

我在京城　凝視

方家胡同
夜深沉　月明星稀
向長巷借問
今夜　蹭茶
應在何處落腳？

我在維多利亞港　凝視

半島酒店
絕不投入
那壺下午茶　是否雕刻著
大吉嶺印記　那種
質問的輪迴
渡輪上　回望星空
霧散　燈火絢爛處
昔日　蘇西黃的世界
勾勒出　一框

慾望的天際線

2019/06/15 香港 維多利亞港

我在鋼琴島上 凝視

一片片 橘通通的洋樓
前人築夢之夢 可曾停歇？
琴聲 無所不在
給了一個百年的答案

2018/12/24 廈門 鼓浪嶼

我在滬上 凝視

梧桐樹道 林蔭深處
洋樓裡 燈火闌珊
黑影幢幢 是

一場茶會正在迎賓　還是
春風吹醒茶醉　曲終人未散
正等待著一趟
也無風雨也無晴的歸舟？

我在烏鎮　凝視

詩人　正在他自己的紀念館
曬他從前的「從前慢」
茅盾　正在他的舊居裡
拆解　人間的矛盾

從前慢
一生只夠拆解一世的矛盾
從前慢
一生只夠愛一個人

從前慢　已經不慢
矛盾仍在人間糾纏

他們從未真正走遠
也許正在凝視
這座已經不慢的小鎮
卻永遠一去不返了！

2018/10/23 可人 烏鎮

第一次看到木心《從前慢》的詩是在2016年上海《桃園眷村》那家賣燒餅油條豆漿的時尚店寫在黑板上的詩句：

「賣豆漿的小店 冒著熱氣
從前的日色變得慢
車、馬、郵件都慢
一生只夠愛一個人」

這首詩很能貼近現場懷舊緩慢的調性，2018年爲了看戲劇節第二次造訪烏鎮，第一次站在『木心紀念館』他那首《從前慢》的小詩面前，第一次感覺到「時間」的存在，它彷彿是在靜止狀態，這靜止狀態好像有意和館外噪動的人聲形成強烈的對比。原本應該「慢」的古鎮如今卻成了不折不扣的「從前慢」。

2018/10/31 臺北 三芝

我站在永康街頭

凝視著往來的眾人
眾人也凝視著我

你凝視著毗鄰的商家
商家也凝視著你

一條街上 誰是主人 誰是客
一座叢林 誰是兔子 誰是狼
半里商圈 半是瘋傻 半癡狂

2014/12/17 臺北 永康街

觀光客的「中介迷離症」

我在中國內地旅行時領悟了一種在【觀光客的凝視】一書中所提出的「中介迷離症狀」，這種「症狀」在鳳凰古城、香港、蘇州以及成都的寬窄巷感受特別深。如果仔細觀察，遊客們特別是年輕人都會表現出一種顯然跟他們在原來所居住環境全然不同，那種「盡情放縱」的亢奮情緒。在古城，人們會把買來的花環戴在頭上和情人牽著手，信步當街擁吻，成群的歐美觀光客在璀燦的香港街頭高談嘻笑，內地遊客在寬窄巷裡嬉戲追逐，蘇州平江路上，在深夜昏黃路燈下仍然可見各自成群，興奮莫名，似在討論著明天行程的年輕身影。這些看似理所當然的景象反應出一種名為「凝視」其實是極欲快速進入「中介迷離」情境的潛在動力，在相對不為人知身分和免於被群體監視的環境下全然的放縱。「人們在旅遊度假期間眞正追求的正好是他們日常生活的反面」，許多人想在旅行中當一名隱者的潛在渴望可能連他（她）們自己都未必察覺。

我也曾經在那樣的「中介迷離」情境中陷入一種恍惚失神狀態，彷彿是在自我消失中凝視著這些城市裡一段段我編寫的故事正在發生。

2014/10/30 蘇州 平江路

第八章

華人工夫茶與它們的原鄉夢

臺灣工夫茶四百年的流變及形塑之路

從歷史發展看臺灣工夫茶文化的演變

工夫茶是發源並流傳於閩南，臺灣，廣東及潮汕地區一種烏龍茶特殊而意義深遠的泡茶法。隨著時間的推移，中國南方地區逐漸演繹出風格各異的工夫茶樣貌。但對於究竟什麼是眞正的工夫茶？仍然是「各自表述」，並沒有一槌定音的說法。尤其是海外華人在離開了他們所謂的「原鄉」之後，是如何看待這種充滿文化意涵的泡茶法還存著分歧的詮釋空間。

依筆者的觀察，目前中國大陸各地正在流行的泡茶法有逐漸向「茶水分離法」靠攏的趨勢，而此法也就是和某些專家所謂的「漸呈式」泡法不謀而和，都是工夫茶的原始基本概念。但其形式樣貌都早已和傳統工夫茶無關。換言之，傳統工夫茶，除了在少數的「原鄉」，早已遠離了現代人的生活。但有趣的是，在坊間，工夫茶的話題正在風頭上；潮汕「非遺傳人」正受到廣泛的關注和尊榮，專業教授工夫茶的名師也絡繹於兩岸三地。這是否意味著人們開始懷念起工夫茶裡充滿了對茶湯那種無所不在的細膩講究？也許更重要的是終於回歸到茶湯重於形式的某種覺悟。因此，工夫茶突然受到關注和寵愛正好讓我們正視泡茶基本功的重要。對於各種工夫茶「流派」的「回首來時路」不也正是一個檢視的絕好時機嗎？

臺灣自翊爲工夫茶的「修正主義」奉行者，我們不妨先回顧過去自己是如何走出今天的樣貌！

唐山過臺灣的「半套工夫茶」原型

以漢人移民的觀點，臺灣有四百年的歷史，因此早期唐山過臺灣先民自閩粵潮汕帶來極為原始的泡茶器具和泡茶方式應該就是臺灣壺泡文化的起源了。試想，早期漢人移民望著黑水溝的那一端，夢想著一個美麗的新世界。如果想喝茶，在那個經濟條件困頓的年代，他們的行囊裡最多也只能塞得下一只砂壺，幾只小瓷杯和用棉紙包著的武夷茶了。我們也許可以想像臺灣早期移民只要有砂壺、小杯、大碗公（茶船）以及武夷茶就可以痛快的喝茶了。

在一1989年獲得威尼斯影展金獅獎，由臺灣侯孝賢導演的「悲情城市」裡大約可以看出臺灣先民用小壺泡茶的「原型」了。片中陳松勇手執廚房裡煮開水的茶壺，正在為放在大碗公（茶船）裡的砂壺沖茶，並直接出湯倒入排在大碗公旁的小瓷杯裡，既不用茶盅（公道杯），也沒有「置身杯」，更沒有富商或文人茶裡才有的潮汕風爐及玉書煨了。這種因陋就簡式的「半套工夫茶」也許就是來自故鄉的工夫茶「原型」了。這種泡茶方式後來逐漸發展出一種稱之為「老人茶」的民俗泡茶法。這也造就了臺灣人在泡茶這件事上妥協、方便，有什麼用什麼的那種無可救藥式的實用主義精神。

值得欣慰的是這種「半套工夫茶」正好讓臺灣能有足夠的空間，毫無懸念地逐漸形塑出現今的樣貌。這可說是歷史的偶然吧！

但臺灣早期並非人人泡「老人茶」。從清代臺灣有關茶的詩文和像「鹿港民俗文物館」這類博物館裡隱約可以看到統治階層或富商中有綠茶及大壺茶的影子。清朝派到臺灣的官吏或往返兩岸的商賈中應該有為數不少是來自江南習慣喝綠茶的人士。一九四九年那次大移民潮更帶來了盛極一時的玻璃杯及大壺泡的「香片文化」。

飲茶風俗消散的年代

「若深小盞孟臣壺，更有哥盤仔細鋪。破得工夫來瀹茗，一杯風味勝醍醐。」連雅堂的詩句見證了工夫茶所代表的漢文化已在臺灣上層社會站穩了腳步。但在社會逐漸擺脫了篳路藍縷的慘澹歲月並進入一切講究精緻和精準的現代化過程中，那種中下層社會流行的「半套工夫茶」，無論在泡法上或茶器上都是不夠的。當 1949 年外省移民第一代逐漸凋零後，唯一龍井香片的消費者也消失了；而能夠賺取大量外匯的臺茶產業因不具競爭力而急速衰退。整個社會彌漫著外來的西方咖啡文化。臺灣在進入現代化後，社會上感覺不到飲茶的氛圍。這個階段可說是臺灣飲茶風氣消散的年代。

一九七〇年代的三件大事

一九七〇年代臺灣發生了三件大事，造成社會飲茶風氣大開，也大大地改變了後來茶文化的樣貌。

首先是 1975 年（民國六十四年）因臺茶外銷受挫而開始積極推動的「全省優良茶競賽」，使得臺灣茶葉品質大幅提昇。外銷轉內銷的策略成功，喝茶人口大量增加。品質優良的臺茶及飲茶人口爲即將來臨的茶藝及茶文化大軍提供了充分的條件和養分。

七〇年代由「陸羽茶藝」推動的「茶學教育」系列竟意外地帶動了遍地開花的「茶道教室」，造成了社會對「茶學」知識追求的熱潮。一批批社會人士開始對中國茶文化翻天覆地的重新檢視，複習、重組、咀嚼中國古典茶書典籍、風土文化、歷史人物，消化成爲一種自有的茶文化底蘊。於是那一代的茶人轉大人了、成熟了，進而影響了這一代臺灣的茶氛圍。

而這一切都還要靠七〇年代在臺灣發起的「鄉土文學論戰」。這是一個不可或缺的觸媒，它觸動了社會全面的檢視臺灣各個可能成就本土文化內涵的領域。影響所及，大量「茶藝館」如雨後春筍般的出現，成爲一種暫時對中國文化孺慕之情的「補償」和「救贖」。也在不知不覺中形塑了一個與中土大異其趣的茶文化樣貌。

臺灣工夫茶「原型」的消失與「新原型」的賡續

1949年以來兩岸阻隔近半世紀。在那個臺灣最需要從中國傳統汲取養分、創造新的茶文化內涵以滿足社會需求而「求助無門」時，除了在有限的史料中尋找中國茶文化的蛛絲馬跡，「禮失求諸野」，自然的轉向深受中國茶文化影響的日本抹茶道並尋得寶貴的「茶道美學觀」，在受中國文人茶影響的日本煎茶道裡獲取行茶手法和儀式，更在煎茶道的茶道具精工巧手中啓發了臺灣茶器具在製作、運用上的靈感。當時臺灣早已與世界接軌。資訊、思想自由交流的結果使得臺灣的茶文化呈現多元包容和創新的局面。卅年倏忽，臺灣在茶這條路上另闢蹊徑，踽踽獨行、尋尋覓覓，成了一個道地的「茶的先行者」。

在關門練功，成就了枝繁葉茂的多元樣貌的過程中，因爲有了太多的選擇、太多的自由和創意，那個篳路藍縷、歷經磨難的工夫茶「原型」竟被消磨殆盡；那傳神的「關公巡城」不見了，那富有韻律感的「韓信點兵」不見蹤影了，杯上洗杯不見了。茶盅（公道杯）取代一切。那「原型」已面目模糊得只剩下具指標性的「淋壺」了。其實許多人爲了整潔美觀的原因，所謂的「乾泡法」正在流行，「淋壺」這最後「原型」的象徵也正在走入歷史。「原型」的消失不知是福是禍。它的消失固然令人惆悵，好在臺式工夫茶的「新原型」已然成形。相同的文化與成長背景，造就了臺式小壺泡茶的高同質性。相互學習、模仿，對美的認知也有了共識。因此「原型」消失了，「新原型」也統一了。但這究竟是個正向的發展，還是後者太多的特色反而失去了「差異」性而面目模糊呢？

值得一提的是茶盅的出現也為日後無所不在的茶會提供了茶席、奉茶無限延伸的便利。我們很難想像，一個沒有茶盅的茶席最多只能是侷限在小茶桌上的一種大人的遊戲罷了。

臺灣小壺泡茶形式的高同質性問題正考驗著許多愛茶人士，幸好經由泡茶週邊器物配置及空間處理手法這兩個基本概念的「差異化」又讓這「新原型」活了起來。也就是說週邊器物配置及空間處理手法因人而異的「個人風格化」淡化了「新原型」的高同質現象又回過頭來重新主宰了現階段的泡茶方式。我們似乎可以這樣說：「臺灣小壺泡沒有地域風格，只有個人風格。」

臺灣茶文化的趨勢與未來

◎飲茶的精英化與個性化

經濟上及知識上的優勢使得飲茶精英階級有更多的機會把它們的美學經驗反饋給社會，提高了整體的精緻度。但也同時剝奪了相對弱勢者的詮釋權。其結果是整體品味的「單一化」。好在全球化趨勢下，「差異」才是王道。臺灣正好趕上這波風潮；有個性的人勇敢作自己；在茶的相關資訊取得容易的臺灣，能夠有足夠的自信以自己喜歡的方式妥貼處理生活中的茶事的「茶達人」愈來愈多。讓「眾生喧譁」成為茶的顯學是臺灣正在走的路。

◎從茶的「產業產值」到茶的「文化產值」

臺灣茶產業屬「微型經濟」。但因有著產、製、銷、創意生活家和挑剔的消費者等「一條鞭」

式的產業鏈，茶產業與文創產業產生微妙的唇齒相依、共榮共生關係。而一種民間自發充滿多元生活況味的全民「茶會」盛況正在臺灣遍地開花，其蘊含的「文化產值」不容小覷。

◎缺乏開宗立派的美學論述

臺灣缺少開宗立派的美學論述，至少在文字上如此。其實它們是經由一種「非線性」、「非敘事」的「圖像／視覺解讀偏好」來詮釋各自的美學觀點。這也正好造就了其多彩多姿的茶席及茶會文化，換言之，他們偏好以茶席、茶會的展演方式來表達、詮釋各自對茶的生活美學觀。不論觀者懂與不懂、同意或不同意，「我演故我在」正是臺灣目前流行的美學論述方式。

如果你夠細心，你會發現，臺灣書市場上長銷型的茶書大多是知識或技術含量高的教科書式的知識傳授型工具書。至於感性或文學性書寫的茶書、哲學性的「美學大論述」在臺灣尚未誕生。

◎烏龍茶概念主宰臺灣壺泡文化

自十七世紀以來烏龍茶的最佳表現方式一直就是小壺泡，而小壺泡的基本概念是「漸呈式」泡法（借用劉漢介語）。雖然臺灣輕發酵包種式烏龍茶與四百年前的武夷茶不同，但在臺灣以「漸呈式」泡法處理所有茶類幾乎成了通則。在六大茶系中無一例外。當然包括適用於「剝皮式」泡法（劉漢介語）的紅茶在內。有些茶產業界的技術官僚常以「指點江山」的口吻跨界直指小壺泡法不適用在包種式烏龍茶；質疑小壺泡易使茶湯過濃而傷腸胃等語。其實這是一種「實驗美學」，並不適合以推測的方式說教。有句話說得好：「實踐是檢驗眞理的唯一標準」，「漸呈式」泡法在臺灣行之有年，實踐了數十年，當然也檢驗了數十年。經過千萬人檢驗過的當然是「眞理」，至於小壺泡法是否傷胃。那是「喝」的問題而不是「泡」的問題。

正因爲烏龍茶的獨特泡法賦予了其獨一無二的「遊戲性」和「趣味性」的魅力，使得接近它的普羅大眾都能在這舞台上恣意的揮灑出精彩的人生。這是值得珍惜的無形資產，也是全體華人茶文化傳統不可或缺的一部份。

◎亞太烏龍茶文化圈已然成型

我們很高興看見亞太地區許多人都開始「玩」起烏龍茶，並在其中找到安頓和自處之道。

亞太地區的烏龍茶和小壺泡法雖然都離開了它的「原鄉」。但在繁華若夢、衣香鬢影的茶會上和茶席間，我們都是異鄉人。由中國大陸、臺灣、越南烏龍茶的產業鏈帶動的消費文化加上星馬港澳以及非華人圈的日本、韓國的愛好者，一個亞太烏龍茶文化圈已然成形。因爲都愛烏龍茶，所以有了共同的話題。因地域文化的差異，對烏龍茶的詮釋和呈現的不同又讓共同話題多了幾分「差異體驗」的想像空間。各地區間對此也產生了對話的需要。讓我們開始對話吧！離天亮還早，我們還有很多話要聊！

當工夫茶離開了它各自的「原鄉」，它的DNA卻深植人心 並以千姿百態揮灑出新的生命。不時回望來時路，也許只有一首詩可以告白：

異鄉人

杯觥交錯　衣香鬢影
在流光溢彩的派對裡

用故鄉帶來的半套　工夫茶
為久已生分的友情加溫
我調整好坐姿
梳理好了思緒
張羅了一桌茶席
當然還要一款
屬於歲月的茶

彷彿要用一輩子
細述她的莊嚴和偏執

三杯　四杯是傳統
五杯是異數
六杯是幸運數
任你挑

置身杯變身公道
壺身自愛　滴水不沾

四件寶貝皆可拋

不減行茶功夫

喋喋不休的爭論

誰是主人　誰是客
誰是工夫茶的原鄉

從壺底傳來的一聲嘆息：
在儀式般的茶席上
我們都是異鄉人

那所謂的原鄉
也在尋覓著　它
原鄉夢裡的
原鄉

風流誰屬
還看今朝

2017/02/16　臺北　三芝

一個異鄉人眼裡「華人世界的工夫茶壯遊之路」

原鄉夢裡的工夫茶

自從 2008 年「潮州工夫茶藝」被收入國家級「非物質文化遺產名錄」，接著，潮州茶聯盟 2015 頒布了「潮州工夫茶藝沖泡技術規程」，這十年間工夫茶有關的議題和活動好似橫空出世般成了市場上的熱門話題。「工夫茶非遺傳人」們紛紛加入了中國各地「茶道教學」的民間教育體系，亞太地區包括香港、臺灣、大馬也紛紛插旗宣示各自的「工夫茶」基因宣言，在傳統烏龍茶流行地區的深圳及廈門茶展也曾多次舉辦「工夫茶」活動；或比賽，或論壇，或研討會，一時間「工夫茶」三個字成了茶人們的通關密語。

別再叫我「香港工夫茶」

香港茶人也不落人後自 2016 年至 2019 至少舉辦了三次有關工夫茶的論壇，其規模一次比一次大而又一次比一次急迫，從四面八方湧入的印象，似乎不存在有所謂的「香港工夫茶」這個名詞，他們更在乎的是傳承自八十年代正宗潮州工夫茶的驕傲。按照香港名師的說法，他們並不在乎「創新」而十分沈醉在保存瀕臨消失的傳統泡茶工藝裡，但從今年（2019）七月剛剛結束的香港「茶。工夫」論壇開幕式中，許多莘莘學子在聚精會神的行茶展演中也悄悄地在茶具配置中加入了現代陶瓷的元素，大大改變了傳統工夫茶四寶的刻板印象，值得觀察的是「細水高沖」深恐破壞了苦心安放的「茶膽」以及用力抖茶的點兵風格似乎成了當前主流。還有其他的選擇嗎？從臺灣來的

「滌煩工夫茶」用置身杯以取代抖茶點兵法，至於是否影響茶湯，又是另外一個議題了。當然，是日所呈現的只是香港無所不在的工夫茶身影的一部份，也許深藏在都會街面裡眾多老茶行以及無數新茶空間裡，你會發現更多彩多姿的工夫茶風情。

在諸多不安的社會氛圍中，我們期望工夫茶會是香港另一個安定人心的重要力量！

無論如何香港已經宣示了自己「他鄉裡的原鄉」地位，那身爲「原鄉」的潮州又如何呢？

人間味盡東南美
除卻工夫不是茶

我曾在一首小詩裡這樣描繪潮州：

——潮州是一座把工夫茶當神主牌膜拜的廟堂——

長久以來，潮州是茶人一生的必訪之地，不只要探訪那千香百味的烏崠山鳳凰單欉，對於潮州人那種工夫茶無上話語權的底氣更有一探究竟的神秘慾望。近十年來兩岸三地茶人及茶道團體造訪斯地絡繹不絕也都跳不出這兩種思維。但究竟他們是爲了全盤複製那所謂的「二十一式標準儀規」，或只是在傳統與創新的諸多細節裡尋找靈感，以創造自身在地新工夫茶文化內涵？這種無止盡的追問就連身陷其中的個人也是說不清楚的事。但可以確定的是潮州人在工夫茶這個領域擁有的話語權所造成的「單邊效應」卻足以驅使各地區華人工夫茶樣貌走向「各自表述」的不歸路。但大馬是個有趣的特例。

「南洋工夫茶」裡的鄉愁與救贖

從姚斌奕先生那本初試啼聲之作《南洋茶事》裡，我們深深感受到一段悠悠歲月裡的南洋茶事背後牽扯出的是千絲萬縷般的故國孺慕之情，而日常生活中那一杯杯茶湯也成了身在他鄉安身立命的救贖了。但畢竟那漂洋過海而來的僑銷茶，爲了長期儲存的後段焙火所造成的風味變異以及爲了適應在地口味的差異，諸多工夫茶的行茶手法及細節也做了些許調整和簡化，「南洋工夫茶十七式」於焉誕生。在這十七式中有二個手法值得參考；在十一式「平執低沖」中強調注水時應以「最低力度」注水入壺，以利各種內含物釋出的時間差，這與當前潮州二十一式中細水高沖的概念不同。第八式「去蕪存菁」用杯子置於壺口，熱水澆淋，以去除酸味或雜味，這在潮州二十一式是沒有的。回憶臺灣三十年前整合工夫泡時也曾用過類似的「高溫乾蒸」方法，如今臺灣已少見，大家似乎更相信用溫潤泡可以解決老茶的雜味問題。

大馬北部「檳州工夫茶」則進一步詮釋：高沖適用在高香類如高山茶或岩茶，低沖適用在普洱或六堡茶類。可能是大馬北部較流行烏龍茶，所以不時頻頻回首顧盼，希望能在「原鄉」獲得行茶上的依歸。由「檳州工夫茶」手冊裡那條教科書式的警語：「泡新茶壺要乾透，泡老茶壺內宜微濕」可以看出其中的玄機。而南方吉隆坡流行鐵觀音六堡茶，所以多以經驗法則建構自己的行茶法。這和臺灣三四十年前工夫茶整合之路有點類似。

踽踽獨行的臺灣工夫茶蛻變之路

臺灣在 1970 年兩岸隔絕，經濟正在起飛，又連續發生三件大事（比賽茶興起，鄉土文學論戰以及陸羽茶學教育啓動），在歷史的偶然與必然中直接間接地促進了臺灣茶文化急速的發展（請參考拙著——普洱壺藝 60 期，2017 三月號）。發展初期，茶學上只能在中國經典茶書裡吸取養份。

泡茶操作上，當時正好有一批工夫茶高手在茶界，其中包括諧星許不了、茶商葉與貴、陳俊良以及潛水教練周國欽等，他們分別用各自所熟悉的潮州泡（臺灣南端也有個潮州）、詔安泡、安溪泡等當時被通稱爲「民俗泡」的手法遊走江湖。我們今天在兩岸三地看到的所有工夫泡的諸多細節和手法在三十多年前就已經被展現，運用或甚至被熱烈討論過。臺灣上一代的茶人是在如此豐富的工夫茶氛圍中成長，完成了泡茶基本功，內化成泡茶的基本修養，又在中國經典茶書中轉大人。但這批在工夫茶氛圍中成長的茶人被當時一種新的美學思潮（包括日本抹茶和煎茶道美學）有意無意間被迫在工夫茶的諸多細節和手法上進行修正或選擇。於是他們選擇了茶巾放棄了「巡城」，選擇了茶盅放棄了「點兵」，選擇了乾泡法放棄了淋壺，選擇了竹茶則放棄了紙則，選擇了加入力道的高沖放棄了低力道的細水高沖，放棄了固定三杯選擇了看人看茶選杯（五或六杯），爲了衛生，選擇了雙杯放棄了杯上洗杯等等不一而足。於是工夫茶的外在形式早已消失殆盡成爲臺灣新原型泡茶法的養分了。

當前在臺灣，只剩下兩個有組織的工夫茶團隊；一個是臺中的「春水堂工夫茶」，它是由創辦人劉漢介先生在二十年前就整合成功專爲訓練員工在茶事上的基本功而設計的功課。它的內涵包括了整個七十年代各種在臺灣不同工夫茶流派去蕪存菁下的精華結晶也是那整個世代工夫茶思維一個活的見證。另一個是「滌煩工夫茶」團隊不久之前才由王介宏先生整合成立，這個團隊不但整合了中國傳統工夫茶器精品，行茶手法，更加入了文人四藝的插花、焚香、掛畫集大成的表演團體。

總體而言純工夫茶在臺灣只是個點綴，一個新的選項而已，它的內涵早已內化成了一個無形的樣貌。它早已由先人帶來的「半套工夫茶」進化而成近代「老人茶」，由原型的消失進化成新原型的誕生，一頭融入了臺灣社會成爲這一代茶人集體人格特質的一部份。更重要的是他們又創造了「茶會」的新社交文化形式，好不容易在沒有傳統包袱的侷限下踽踽獨行，走出一條不同於中土文化的行茶之道。如今，當工夫茶再度受到世人的關注，我們反過來拿香跟拜去學習那個我們歷經歲月的洗禮，用集體的智慧和審美蛻變過的行茶儀式。這，難道是我們做錯了什麼事嗎？又在那一個環節上出了問題？

其實，歸根究柢，我們什麼都沒有做錯。我們只是忘了如今要面對的是六大茶類的無數茶品。它們都會在不同的時空中考驗著我們的基本功。臺灣人如今太著力於茶的生活體驗，太重視事物的外表美感呈現而忘了與「外貌協會」文質彬彬的那個內在的修為，而那個修為很大一部份源自於漫長的工夫茶基本功的磨練。

原來現今的年輕茶人在練茶的過程中缺少了拆解工夫茶細節，只能用簡約的方式，優美的姿勢行茶，一旦少了茶盅好像變得不會泡茶了。臺灣年輕茶人大多沒練過直接出湯，無論巡城或點兵都顯得十分笨拙，不但沒有韻律感而且把杯盤裡弄得湯湯水水的缺少了必要的流暢感更談不上專業。這可能是我們在臺灣工夫茶蛻變後，回首來時路時其中的一個盲點。

在臺灣教茶的老師們今後可能要面對一個新的挑戰；那就是把工夫茶拆解，通透苦練各項基本功，直到它成爲你身體的一部份，忘了它，然後再回到我們熟悉的臺茶體系。你會發現自己突然間轉大人了，一切都變得自然而得心應手。

同床異夢的工夫茶之夢

說到底工夫茶所有的行茶手法和細節都是爲了解決茶湯問題，各地區因爲處理的茶類不同而有不同的因應手法，又因口味和審美的不同而有了各自的詮釋空間。工夫茶在華人世界正掀起一陣浪潮，但它必竟是個「原鄉人」做的夢。一個新的論點是每個玩工夫茶的人都在做他自己的「原鄉夢」：

香港人宣稱自己是「他鄉也是原鄉」

潮州人是「原鄉裡的原鄉」

大馬華人在「他鄉裡做著原鄉夢」

臺灣人在「他鄉裡做著異鄉夢」

無論如何活在自己的夢裡總是甜美的，不想醒來的，他會一直做，一直做，直到永遠。

2019/09/25 三芝

原載於 2019 茶藝／普洱壺藝第七十期

第九章

兩個男人的戰爭

兩個男人的戰爭

你喜歡豔紅　我
鍾情幽黑　你
愛上黃金閃耀　我
迷戀茅草芬芳　你
總是向華麗靠攏　我
情不自禁地依戀素樸

我們很少爭論茶湯　誰泡得更好　卻
只在乎　暗藏的機鋒　那

並非我的本意　捍衛的
只是對美的追求　說僭越

太沉重　都是
小說家的錯

一個被醜化

一個被神化　都是
史學家想像的畫

最後那場茶會
超越生與死的糾纏

最後那碗茶湯
終結刀與劍的流言　如果

時空能穿越　吾將
忘卻心機　只談風月

帶著長次郎　那只　黑釉茶碗
偕汝之手　共赴那場
千人大茶會

重新演繹　另一個
戰國裡　茶與花
四百年的風華

2016/05/25　臺北　三芝

兩個男人的品味之爭

《本覺坊遺文．千利休》觀影記

今年（2003 年）二月廿八日是日本茶道大師千利休（1522 ～ 1591）四一二年忌。日本全國各處都將舉辦各項紀念活動，大小法事、茶道具展、利休忌茶會等。據推算，千利休切腹自盡時爲天正十九年二月廿八日，當年一月爲閏月，算來這些紀念活動會在新曆四月下旬到達高潮。日前翻出日本在 1989 年推出的二部紀念千利休四百年忌的影帶，重新回味一遍當時不甚了然的種種細節。一部是由東寶發行，熊井啓導演並在 1989 年獲得威尼斯影展銀獅獎的「千利休，本覺坊遺文」。同年獲得金獅獎的正是臺灣候孝賢導演的「悲情城市」。另一部是松竹發行，敕使河原宏導演的「利休」。二部片子當年（四百年忌）在日本造成轟動。筆者曾在 1992 年特別爲高雄茶緣聯誼會辦了一場影片欣賞及研討會，如今重看二片當有新的感悟。

關於千利休被豐臣秀吉賜死的原因有許多不同的說法，史學家大多著墨在利休的「僭越」上。「本覺坊遺文」這部片子其實就在利用千利休晚年的弟子本覺坊與利休的七大弟子之一，也是武將茶人的織田有樂齋之間的回憶，以一種倒敘、幻想的方式來探討秀吉命令千利休切腹，而千利休竟全未求饒或求救而以近乎殉道的方式自盡之謎。這個事件在日本歷史上仍是個公案，而無定論。本片對利休臨死之前內心的掙扎有很深刻的描述，是一部發人深省的電影。由資深巨星三船敏郎飾千利休，無論運鏡取景好像眞有利休一心追求「侘」的意境。但如果對日本茶道在戰國時代那些與千利休交往的茶人武將之間的關係不熟悉，將無法欣賞這部片子那種苦澀的美感的。

另一是由三國連太郎主演的「利休」。因爲導演敕使河原宏也是草月流插花流派的家元，除了茶道，他也將日本的插花、陶藝、服裝、庭園等相關藝術融入片中。在描寫秀吉和利休之間亦敵亦友的微妙關係時，藉著由許多實際與虛幻的心理衝突變成爲兩個男人之間對於智慧、品味及藝術修養的競爭，透過導演的手法，以華麗的映象傳遞了戰國時代有關日本茶道的點點滴滴，以及日本茶道藝術和茶人的人文素養與美學觀。欣賞這部片子等於將桃山時代崇尚豪壯華麗的美學風格與茶道簡樸謐靜的獨特美學觀做了一個強烈的對比，是一場視覺美的饗宴。

這部電影在探討利休與秀吉之間的恩怨情仇時採取了全然不同的處理手法，但結論幾乎是殊途同歸。如果把二片合爲一，從片中兩人藝術品味衝突最經典的兩個畫面來分析，利休被放逐後以死殉道的原因幾乎是呼之欲出了。一個畫面是利休將花園裡秀吉最喜愛的牽牛花全部剪光，當秀吉放下刀，屈身進入利休的茶室，看見一朵潔白的牽牛花立在壁龕的花瓶裡那一瞬間的震撼，並被他那種爲表現一朵花而剪掉萬朵花的大膽而高明藝術處理手法所折服。從極度讚嘆，同時也感到極度的挫折。另一個畫面是秀吉有意以一大枝梅花，一個盛滿水的鐵盤考驗利休的插花功力時，祇見利休摘下朵朵梅花灑落水面，再將梅枝斜搭在盤上，構成一幅極富創意的花型，這時秀吉除了驚嘆，又一次被利休的藝術天份和創造力徹底的打敗。秀吉走進利休的茶室前後不下百次，每次都被利休的藝術修養與品味給比了下去，這種挫折感所累積的壓力對一個權傾一時，又有絕對權力與財富的人是無法承受的。對秀吉而言，這種挫折感等於是被殺了一次，而被殺了一百次總要有一次要殺死對方，這是秀吉賜死利休的終極心理因素，這個因素遠比以其反對出兵朝鮮、高價出售茶具營利及在金毛閣山門立像等表面罪狀處死來得眞實。

對於利休而言，一心求死而完全未求解救之道的原因更是不難理解；在他一手創造的草庵茶室裡，要捍衛的是一個平等自然，與權力財富無關的小世界，而秀吉以其王者之尊，放下刀在茶室裡與利休一決勝負。當利休被誤解，而又早把茶室當成決定生死之地（畢竟他看過太多喝完茶趕赴沙場的武士），自然要以死來捍衛他對茶道藝術理念的執著。切腹自盡在當時是武士茶人等普世的價值觀，也是一代茶人的宿命。他的高徒古田織部，山上宗二不都是以同樣的理由結束他們的生命嗎？

花了許多篇幅去討論一個四百年前遙遠的公案究竟對現代茶人有何啓示？對筆者而言，利休與秀吉的競爭純然是兩個男人的競爭，更是兩個男人品味的競爭。其實這種「男人的戰爭」在現今社會中是天天上演的戲碼。當兩個人，尤其是兩個男人翻臉，如果不是殺父之仇，也非奪妻之恨，那極可能是一方踐踏了另一方的品味和價值觀，祇是，就連當事人都可能不察而一定要在某一個您想不到的時間、場合，以想不到的方式傷害對方。

在一個多元的社會裡，無疑的，尊重別人的品味和價值觀是一種成熟而智慧的表現。從另一角度來看，與自己不同品味或對藝術欣賞見解相左的人，以善意的言詞語彙做理性的辯論，往往可能產生一種和諧的共鳴與極致的快感。

否定一個人的品味等於否定他整個人，也等於向他「宣戰」。畢竟，「你可以侮辱我的人格，絕不可蔑視我的品味」那句玩笑話不是隨便說說的。

2003/03//12 可人 台中

原載於春水堂茶訊 2003/4 月號第 78 期

千利休的最後一碗茶「一代茶聖——千利休」觀影記

四百年的不老茶魂

在日本茶道的世界裡，千利休與豐臣秀吉之間的恩怨情仇是個永恆的話題。回想 1989 年，日本影壇爲了紀念千利休四百年忌，推出了二部電影；一部是由東寶發行，熊井啓導演，並在同年獲得威尼斯影展銀獅獎的「千利休，本覺坊遺文」。獲得金獅獎的正是臺灣導演侯孝賢的「悲情城市」。另外一部是由松竹發行，敕使河原宏導演的「利休」。二部片子同時發行，鬧了雙胞。在當時日本相當轟動，而臺灣並未在院線上映。我是在錄影帶店發現，立刻買下，特別爲高雄「茶緣」聯誼會辦了一場電影欣賞會，還請了蔡榮章、張宏庸二位先進作專題演講。當年爲了辦那場研討會做了些功課，但總覺得生澀，尤其是「本覺坊遺文」，很難跟上他那種倒敘式，虛實交錯的處理方式與節奏，另外一部「利休」因爲導演也是日本草月流插花流派的家元，自然把諸多插花、茶陶，能劇等元素融入電影情節中。全片以彩色拍攝，呈現的視覺效果正好呼應了日本戰國桃山時代那種崇尚華麗豪壯的美學風格。而「本覺坊」卻是以黑白處理，呈現的則是利休「侘茶」追求簡樸謐靜，孤寂冷冽那種苦澀的美感，兩者形成強烈的對比。「本覺坊遺文」是由資深演員三船敏郎飾演千利休。「利休」則是由三國連太郎擔綱，二位都是家喻戶曉的明星，看起來扮相很有眞實感，倒是「利」片裡飾演豐臣秀吉的山崎努顯得陌生，多年後才在「送行者」和好萊塢通俗片「拉麵女孩」裡看見他分飾葬儀社老闆和拉麵祖師爺，不覺莞爾，他那種眼睛像是喝醉酒永遠睜不開的日式喜劇風格和他在利休片中陰森冷峻、凶煞霸氣的形象大異其趣。

今年（2014）四月初，「一代茶聖千利休」在臺北首映，飾演千利休的是我比較陌生的市川海老藏，由青年演到老年，他的老裝扮像遠不及前二位飾演利休老年的前輩那麼有說服力。據說是原著山本兼一堅持由市川海老藏演利休，很可能是看中他歌舞伎演員身分。其實二年前就讀過原著「利休之死」的中文版，同樣都是以倒敘的手法，可以相互對照，看起改編後的電影也比較不吃力。綜觀前後有關千利休的三部電影，其中前二部表現他與豐臣秀吉在美學、藝術修養及品味角力的亮點，例如爲表現一朵花而剪掉千朵花的大膽，高明藝術處理手法的橋段，已成了老梗，不能再用了，但爲凸顯秀吉那種從極度讚嘆到極度挫折，由愛生恨所累積的壓力需要在劇情中安排一個具有震撼力和戲劇效果的引爆點，「一代茶聖」的導演田中光敏選擇了二個顯然是幻想出來的橋段；一個場景是在京都北野大茶會上滿坑滿谷的茶人，爭相目睹這天下第一茶頭利休的泡茶風采，場面之盛大，氣氛之肅然，豐臣秀吉看在眼裡自然不是滋味，嫉妒和不以爲然讓也對「美」有定見的他頓失茶人應有的風度，當場羞辱還命令眾人一起嘲諷的那場戲實在震懾人心。另一場高潮戲用了頗長的時間鋪陳出一個顯然也是虛構的人物，目的是爲了建構出爲什麼千利休會捨四疊半而極力要設計出一間人人都嫌太窄的一疊半茶室的原因。那原因背後的源頭竟然是一位高麗貴族女子和她那只綠釉香盒；利休在帶領高麗女子逃亡的最後獨處時刻，在那間窄狹的海邊小屋裡兩人歷經了一場生離死別的生命磨難。因爲狹窄才能逼視出人與人之間瞬間凝成的極致而美妙的心靈對話。這和他後來的一疊半茶室理念可能有著極深的淵源關係。而那只綠釉香盒也成了利休短暫淒美的青春愛戀的見證。他又怎能爲了討好豐臣秀吉而被迫獻出呢？這竟成了他對美的事物不可妥協最後底限的一種隱喻。但要說綠釉香盒是利休被賜死的原因恐怕有些牽強。我反而比較喜歡 1989 年「利休」那部電影裡，秀吉拿著一大枝梅花和一個盛滿水的花盤想要測試利休插花功力的那場戲，只見利休從容摘下朵朵花瓣灑落水面，再將梅枝斜搭在水盤上構成一個極富創意的花型。秀吉又一次讚嘆利休對美的敏感度和藝術天份，而同時又被他那種驚人的創造力徹底比下去，把由愛生恨和對人性的脆弱和矛盾的心理刻畫得合理而張力十足。

有意思的是三部電影都沒放過對茶碗的關注，面對茶碗，日本人有一種莫名的愛戀，這可追溯到戰國時期，尤其是千利休透過茶道中對茶碗的態度造就了陶瓷這個原來微不足道的工藝逐漸成爲日本國粹。這源於中國技術，朝鮮設計而以日本精神集大成，茶碗終成日本陶瓷標竿。在電影中頻頻出現的茶碗背後都有利休和陶工長次郎的影子。歷史中，利休對長次郎的指導和影響有二：一、製作茶碗時不經意的扭力造成的不規則和不工整，正好賦予了茶碗一種「勢」的能量和趣味。這種脫離中國傳統中規中矩的製作觀念，造就了日本茶碗的獨特性和審美性。二、強調茶碗某種恰如其分的「重量感」。透過手的感覺，過與不及都會破壞茶碗不平衡的均衡感。利休與長次郎合作的成果，樂燒茶碗終成日本「名品」。他們重視茶碗的程度可從拍攝這部片子的過程可見一斑。據報導，利休自盡前最後的茶會所用的茶碗是眞正的利休遺物，也就是黑樂燒（萬代屋黑）由其女婿萬代屋宗安傳承至今。陶藝在臺灣蓬勃發展多少受到日本元素的影響，也不乏茶碗的作者，其中普遍缺少在「恰到好處」的重量感上的認知和覺悟似乎值得省思。

從 1989 年至今已超過四分之一世紀，日本文學與電影對千利休仍創作不斷，由此引申出的美學觀也深具啓發性，看來千利休這位一代茶聖的不老茶魂還將繼續顯靈。

原載於 2014 普洱壺藝／茶藝第四十九期

本能寺的聯想

「本能寺大飯店」觀影記

《本能寺大飯店》靜悄悄的在臺北上映，一天只映一場。西門町週末的 date night 人聲鼎沸；「年青人來此揮霍青春，老年人來此尋找青春」，我卻幻想著自己跟現代女子繭子一樣，陰錯陽差的住進《本能寺大飯店》，無意間觸動了三個關鍵物件：織田信長愛吃的金平糖、西洋音樂盒和那要命的鈴聲，得以穿越時空，回到四百年前日本戰國時代 1582 年六月二日「本能寺之變」的前一天，並且天眞大膽地想要說服信長離開現場閃避劫難！透過信長義正嚴詞相信太平之日即將來臨，不想改變歷史軌跡從容赴死的堅持。有影評分析這部片子眞正想要引領觀眾的是反思當下日本年青人隨波逐流，沒有目標和自己想法的社會現象。既然電影可以天馬行空，我爲什麼不能幻想：如果明智光秀沒有叛變，織田信長不死，那麼他的茶頭千利休是否還能如此被神化般的像和豐臣秀吉那樣上演一齣齣華麗的茶與花、陶與禪、延續了百年的歷史連續劇？爲壯烈的日本戰國增添了無邊的風月。還會有千人大茶會嗎？利休能活多久？三千家會出現嗎？走筆至此，眞有想寫一部利休穿越劇的衝動。一笑！

2017/04/05 臺北 西門町

2+1個男人的戰爭——「花戰」觀影記

茶與花在一個你想像不到的地方相遇

八月初，對一批批從兩岸各地來臺灣參加升等考試的花藝師而言，夏日夜晚最佳去處沒有比去戲院觀看一場由同名小說改編的日本電影——「花戰」更有趣了。這部影片巧妙的把「池坊專好」帶進了日本戰國時代豐臣秀吉與千利休百年愛恨糾葛中，由二個男人變成了三個男人的戰爭，不同的是利休以死諫宣示他對美的堅持，而池坊專好則是以大型花藝創作「大砂物」，無盡齋的長臂猿畫，黑/紅陶碗，櫻花與梅花等明喻「各有各的美」爲利休雪冤，在笑與淚中化解了一場可能的血腥。劇中不但有著諸多插花的細節，茶室之花的禪意，和北野大茶會裡大膽的花藝創作，各擅勝場，眞是一部茶與花的現代啓示錄啊！散場後西門町的鴨肉扁（其實是鵝肉？），楊桃湯爲今晚劃下句點。搭上最後一班開往前方的列車，心裏還不免爲古人擔憂；如果不是池坊專好創作的「大砂物」松枝在緊要關頭的鬆埸所造成的「笑果」，讓秀吉破涕爲笑，後果眞的不敢想像。雖說是一部小說改編的電影，但桃山時代崇尚豪壯華麗與追求謐靜的美學風格並存，讓小說家有了充沛養分，爲茶、陶、花創造無限浪漫的想像。從1989「本覺坊遺文」，「利休」二部電影爲利休四百年忌打頭陣，到「一代茶聖千利休」、「本能寺大飯店」及如今的「花戰」，桃山時代眞是日本一個壯麗的時代啊！

2017/08/02 臺北 西門町

第十章

雙杯自述

雙杯自述

Tea for two two for tea 註
像在玩一場文字遊戲

又像 一場
味覺與嗅覺的競技

一個杯子聞香
一個杯子入喉 這是
嗅覺與味覺的辯證
也是一步一徘徊的踟躕
絕不曖昧

一切都是為了 捉摸 那
捉摸不定的茶湯

看誰引領誰 率先抵達

欲望的盡頭

看誰比誰　率先搖醒
沉睡的靈魂

亦靈亦肉　蕭疏淡遠
全看靈魂與慾望的角力

是飽滿　還是殘缺
全看承載器高下

是誰先想出
這儀式　亦莊亦諧？

午夜夢回　是
傳統啓迪
還是靈光乍現？

斯人已遠　在

鼻腔 唇齒之間 在
聞香 入喉之后 在
嗅覺 味覺之上 在
轉杯 傾注之際

有個聲音
說不定 會向你

娓娓道來

註：1950年代一首英文歌名，由桃樂絲黛唱紅。
2015/11/13 臺北 三芝

雙杯品茗在臺灣

所謂雙杯品茗是指在臺式小壺泡茶法中每人使用二只杯子品茗，一高一矮，高杯作爲「聞香」，矮杯作爲「入口」之用。主泡者將茶湯注入高杯、客人將高杯茶湯倒入矮杯入口。功用有二：泡茶者只接觸高杯，比較衛生，高杯茶湯倒入矮杯後可欣賞杯內的「杯底香」。這是欣賞茶葉品質的好方法。雙杯最適合欣賞輕度發酵的高香茶類使用。在臺灣至少流行了二十五年之久，是臺灣茶文化發展中饒富情趣的創意之一。

本文旨在試圖爲與雙杯品茗有關的各個面向定調，也爲它優雅的身影留下歷史見證。

1985年九月二日，民生報消費版出現了一則有關雙杯品茗的報導。標題是：「茶坊盛行雙杯品茗」，副標題：「清潔衛生、富情趣」。這則新聞是由當時主跑茶藝的曾素姿記者所採訪報導的。文中詳細介紹了雙杯品茗的理論。因當時雙杯品茗法已不是新鮮事，也未引起廣泛的注意。但其中訪問了當時已是名人的陸羽茶藝中心蔡榮章及九壺堂的詹勳華。兩位高人所提出的雙杯品茗理論和做法卻完全相反。按照曾的報導，蔡主張「以高杯爲入口，以身矮口大者爲聞香杯，則茶香更易於發散輕揚」。詹則選擇「寬口體淺」的做爲入口杯。他深信「身高口窄的杯子（如做爲入口杯）會把茶的香味過度凝聚，反而失去了輕揚好聞的效力」，「尤其散熱速度較慢、口唇舌際也易於燙麻、而影響到品茗時的風味」。

二十二年後的今天，驀然回首，雙杯品茗法在臺灣並未經過任何爭論即不約而同的全面接受「高杯聞香、矮杯入口」的理論與做法。如今、不僅在臺灣至少流行了二十五年，更深深地影響了日本都會烏龍茶館的品茗方式，中國大陸主流茶館裡的烏龍茶泡法，尤其是茶席表演也多採臺式雙杯品茗法。可見此類品茗法影響之深遠。既然雙杯品茗法在臺灣，無論在理論流行、實務以及茶器之設計製作上都已臻成熟。我們似乎應該爲它的各個面向一一定調，並爲它留下歷史的見證。爲了避免誤謬，在下筆的心態上是採取網路上流行的維基百科（Wikipedia）的做法，即任何人都可以在網路上爲某一條目下定義，其他人也可以修改條目的內容。在這個大原則下，任何與本文所載雙杯品茗在臺灣的有關條目內容，只要有充分證據都可透過《茶藝．普洱茶藝》雜誌提出修正。如此在不斷交互辯證下，最眞實而完整的面目很快就會出現。

◎雙杯品茗最早的理論基礎

按茶界聞人、春水堂劉漢介在 1983 年由禮來出版社發行著作的《中國茶藝》一書中，安溪式泡法中首先提出「茶湯九泡」之說：「以三泡爲一階段，第一階段聞其香、二階段嚐其滋味、第三階段觀茶色」，並有口訣曰：「一二三香氣高，四五六甘漸增，七八九品茶純」。書中並有圖爲證，以白瓷寬口矮身爲入口杯，紅泥高身翻口爲聞香杯。

如此說爲眞、則聞香杯應自大陸安溪傳入臺灣。但此法最初提供人爲臺南市周國欽先生。然周對該泡法之來龍去脈尚有諸多保留。這個部分尚無法證明雙杯的原始概念是源自安溪。

◎最早在泡茶實務上運用雙杯的茶人

眾說紛紜，傳中說 1979 年即有茶行販賣日本料理店中常見的高矮二種清酒杯爲聞香杯及入口杯。綜合業界傳說，臺北民生東路宏圖茶行高宏文在 1981 年以前即採雙杯品茗，屏東潮州一帶，在1981年前也有以高杯十個排成正三角形，輪流評比各泡茶湯之香氣，但無高矮之分。

但如以證據論，劉漢介、詹勳華及方捷棟三位較有可能是雙杯的最早期的運用者：

一、劉漢介以著作爲基礎，1983年在店中推廣金萱茶時即以雙杯聞香強調此茶之香氣。可惜當時訂製專用雙杯未曾留下傳世。

二、詹勳華在1983爲推廣凍頂烏龍茶時因老外客人手大指粗，小杯把握不穩，決定將茶杯放大並開始設計製作雙杯。

三、據前茶聯總會秘書長林仲儀回憶，高雄鄭員外茶館方捷棟把當時已在南部地區開始流行的雙杯泡法納入他那有名的「三才泡」中，約在1980年左右調整完成他獨步江湖的「聞香杯轉杯投湯」法。

◎最早設計製作專用雙杯品茗杯者

一、從目前保存的品茗專用雙杯看來，詹勳華設計製做的雙杯均落有「九壺堂××年製」款識，其形制近似故宮院藏明成化款甜白青花花鳥杯。最早的雙杯在1983年間（癸亥年）。（聞香高杯：口徑六公分、高四・二公分，入口杯：口徑六・八公分、高二・八公分）。

二、奇古堂沈甫翰在1985年間設計一款影青、青花雙杯組沿用至今。（見張宏庸著幼獅出版之《茶藝》1985年版）。

三、紫藤廬周渝在1986年間以曉芳窯高型酒杯爲聞香杯原型，另選寬口矮身爲入口杯，與圓緣茶坊共同製作影青雙杯，以陰刻紫、藤、圓、緣爲識款，沿用至今。

四、茶與藝術雜誌季野在 1987 年間設計一款曉芳窯豆青「青泉」杯。

◎第一位在泡茶比賽中運用雙杯泡法得獎者

1985 年第四屆中華茶藝獎，何健以曉芳窯影青高杯，搭配老青花若深杯，以雙杯泡法獲得第一名。

◎臺灣市場常見的雙杯款識

堂號	設計者
草堂	邊正
治堂	何健
醇品	李連春
紫藤	周渝
奇古堂	沈甫翰
秋山堂	劉漢介
隱樵山房	李佑任

◎聞香杯的三種基本型

一、直筒窄口型：口徑三．五至三．八公分、高四至七公分，又有平口與小翻口二種類型。

二、中廣收口型：收口徑三公分、高六．五公分

三、標準（杯）型：圓底翻口、高度口徑各異

一般相信最早的聞香杯取自市場現有之高型祭祀用酒杯以及日本料理店常用之清酒杯。目前市

場各種直筒型聞香杯都是由此型變化而來，受到臺灣南部泡茶人士的喜愛。

但依據基本的流體力學及經驗法則，直筒窄口杯、在聞香時空氣多半自杯沿直接吸入鼻內，聞香效果不佳。如用力吸則有股過份凝聚燥熱香，並不能產生愉悅感，這種聞杯在大陸地區十分常見。

中廣收口型因中間較胖容易燙手，操作不便，早期唐盛陶藝，曾製做一批鐵紅釉「井塘杯」是此類型中的精品，近期已少見。

目前標準型聞香杯在臺灣較常見，其原型神似故宮院藏明成化款甜白青花花鳥杯（口徑六公分）。此型特點是翻口較易手握，杯子接近鼻尖時、兩旁空氣將杯內香氣自然帶入鼻孔，輕揚愉悅，不用雙杯時也適合單杯飲用。

◎雙杯品茗變奏曲：三種創意使用法

一、臺中春水堂劉漢介多年來一直喜用一種三道茶湯聞香法。泡茶時不用茶盅，直接出湯入聞香杯，傳給客人倒入品茗杯飲用，再將聞杯收回，重複三道茶湯後取回不用。第四道以茶盅酌茶，蓋第四泡茶後聞香已非主要目的也。

二、茶界聞人呂禮臻二十年來一直沿用一種泡茶法，將茶湯注入一種工夫茶裡稱爲「置身杯」或「儲房杯」約一百五十毫升的鐘型大杯，再將茶湯倒入茶盅備用，此法可將置身杯底之茶渣清除，讓茶湯看起來較乾淨，又可將置身杯做爲大「聞香杯」在賓客之間傳遞聞香，效果奇佳。

此法不用個人聞香杯、是另一種簡約有效的聞香法。冶堂主人何健在泡高香類茶，如有必要時亦常用，在臺北市永康街一帶享有盛名。

三、雙杯品茗的重點在欣賞茶的杯底香，有明顯杯底香的茶、一般相信是製作完美的茶特徵之一，這樣茶的香味才算做得「入水」。紫藤廬主人周渝在泡普洱茶時也用聞香杯。他是在聞茶的「氣」。一泡氣很強的普洱，一開湯即可聞到強烈的「茶氣」，再經聞香杯的「杯底氣」入鼻，頓時通體舒暢。一泡「無氣」的普洱就沒有這種感覺，也算是聞香杯的另類用法吧！

◎雙杯品茗在臺灣的成熟與落寞

一、雙杯品茗在臺灣因泡茶比賽而流行，但也因茶湯評審逐漸統一採用小蛋壺杯評比湯色及滋味，並未重視香氣，這使得參賽者為了方便也逐漸改用單杯泡茶法。

二、臺灣人近來接觸大陸茗茶頻繁，尤其普洱茶盛行後，逐漸有改用大杯（八十毫升以上）飲用的趨勢，烏龍茶受到了排擠效應的影響，除了正式的茶席表演外、雙杯品茗有退潮之勢。

三、受到社會整體審美風氣的影響，泡茶及茶器有日趨「極簡」風格的傾向。

四、社會進步後，茶人泡茶時衛生是必要修養，以茶盅酌茶，已足可滿足這項要求。

說雙杯品茗法退潮、不如說臺灣茶人已成熟到有足夠的品味及智慧選擇在最適當的時間、場合運用雙杯將品茗提升到外在優雅，內在豐美的境地。

雙杯品茗法發生在臺灣，在外地看見它好似他鄉遇故知，我心狂喜，見不到它若有所失。泡茶的人櫃子裡一定有它的蹤影，你不眷顧它，它無怨無悔，你寵幸它，它深情以對。

對於那些曾經對雙杯品茗用過情、用過心、思索再三，終於形塑出它最佳身段的茶人，僅致無上的敬意與謝意。

原載臺灣《茶藝 · 普洱壺藝》雜誌

雙杯品茗的歸鄉之路

雙杯品茗法在 2000 年前後淡出臺灣舞台，出走日韓大陸及亞太地區，並在 2009 年的臺北泡茶比賽中以雙杯與亞太茶人同台競技，上演了一場雙杯的歸鄉之旅。獲得第二名的林紋君是在湖南種茶的臺商之女，她的雙杯品茗法顯然跟臺灣流行的操作法不同，其中最大的差異是她的翻杯動作是以雙手在空中完成的。原來教她雙杯泡的是一位湖南茶藝師。翻杯法在臺灣已經少有人用，早期最有名的是高雄「鄭員外茶館」方捷棟先生創造的「三才泡」，扣杯及翻杯的動作是以單手在桌上完成的俗稱「多爾袞式」。有趣的是從此臺灣雙杯泡有了大陸的影子，而且其操作手法已枝開葉散，多不勝數。未來寫這段歷史，大陸元素必不可少，其中的差異性更是觀看的重點。

2017/04/04 臺北 三芝

被遺忘的杯子遊戲

雙杯品茗是臺灣烏龍茶壺泡文化發展過程中一個美麗的偶然，它出現在八十年代，興起在九十年代，新世紀以後逐漸淡出臺灣舞台，但它的足跡並未消失。2009年臺北泡茶比賽總決賽中，亞太茶人以雙杯泡法同台競技，見證了它出走日韓大陸以及星馬港澳後的返鄉之旅。近年臺灣茶界又重燃熱情。重新檢視這一道奇妙的…「杯子遊戲」，雙杯品茗法流派眾多用法各有巧妙，主要是以高矮二個杯子同時欣賞一泡茶湯，高杯聞其杯面及杯底香，以香氣滋味是否「入水」或「輕浮」，秀雅粗俗作欣賞的標準。以矮杯入口，用口鼻喉相互辯證完成一泡茶湯多層次的品賞。這種品茗法所伴隨的動作和手法確定了它的舞台性和觀賞性，它是否能再創第二次風潮？也許是另外一個有趣議題的開頭吧。驀然回首那些當年曾經活躍過的茶人好似又回來了！

2017/04/04 臺北 三芝

第十一章

茶席的盡頭

茶席的盡頭

以為「茶席」是茶
遊戲人間的「盡頭」

原來 這「盡頭」竟是
另一 個巔峰的「谷底」

前一個巔峰是「型美」
是幌子 只為招引 那些
失了魂的眼神

裡面 少了一點
「故事裡的事」

也許 可以跳過
「茶席空間」直達
「虛擬空間」

用聲音　光影　尋找自我
以「裝置」隱喻概念　主張

放棄文字意涵的追索
只求圖像空間的解讀

「盡頭」可能無限延伸
飛越另一個巔峰

降落在「有事的故事」裡
演繹「故事裡的事」

在「盡頭」裡　等待
另一個巔峰

2009/10/10 追憶臺北故宮文創茶事展演　臺北

追憶 2009 臺北故宮文創茶事

1980 年代興起的臺灣飲茶風，我正好恭逢其盛，卅年倏忽，驀然回首，不覺一驚，從對中國茶文化典籍翻天覆地重新檢視的「茶學」風潮開始，每一階段都有著一個生猛的主題，先是瘋茶館、宜興壺、玩製茶，九〇年代瘋「茶會」，新世紀玩「茶席」。總以為「茶席」是這玩茶歷程的巔峰，也是終點。

2009 年的春天，看到故宮文創系列活動裡，由一批年輕茶人所創造的茶席空間時，又是一驚，原來「茶席」的盡頭竟是另一巔峰的谷底。這項展演的背後推手，就是人澹如菊的李曙韻老師。她一向總是不慌不忙，不急不徐，好似以緩慢的散板「執節而歌」地引領著她的團隊進入自己所設定的節拍裡。每一階段向世人宣示的都是經過深思熟慮的成果。可這次，從「茶席」到「茶席空間」，尤其是以「裝置」概念玩「虛擬空間」，這一步會不會太快，又太大了？以裝置的手法來玩虛擬的空間是一個大膽的實驗，它雖觀照了玩「茶席」長期以來所忽略的部份——深層思考。上個階段所玩的茶席，眾人大多只沉醉在「形美」裡。沒有敘事的茶席畢竟是無趣的。或許我們應該這麼說：茶席只是幌子，其實人們期盼的，還是茶席所擁抱的一切「人」與事。在一個特定的空間裡，使用聲、光、影像、各種材質裝置以表現作者對人與事強烈的概念及主張。雖然這概念及主張只能存在於那個臨時性被創作出來的特定空間裡，它的實驗性及方便性正是讓這實驗更趨成熟的不二法門。所謂太快、太大的顧忌是著眼於裝置概念的虛擬空間必須同時承載「意涵」的千斤重擔，關於這點我們準備好了嗎？有關的論述呢？或許這些茶人設計師都是哲學家，而哲學家只需「質問」！提出問題，而無需提供「解決之道」。或許其實根本無需答案，因爲每個人對事的觀點和看法都不盡相同。提供答案只會製造另一個質問而已。不討論答案，但不能不論及茶席空間的「實質內涵」，缺少了它，整個結構就崩塌了。它考慮的應包括以下數點：一、這茶席空間是否能創造出一種「優質能量」。二、參與茶席空間內的「飲者」是否有足夠的智慧感知這能量。三、以文字、語言解說等導引方式，把一些鬆散的意念轉化爲具體概念，讓參與其中的「飲者」悠遊其間。四、情境或導引，即無需文字、語言，只憑「裝置」內物件形態、色調、質感以及「組件」的相關位置即能感知並形塑成爲各自的能量。這有點像是二次創作。五、新世代對圖像空間的解讀功力超乎想像。不以文字或語言導引可避免參與者追究文字、語言背後意義的延伸。有了他們，反而阻礙了二次創作的可能。六、不以文字或語言導引更可檢視，除了文字、語言，這裝置概念下的茶席空間還有什麼值得參與者深思的。

回過頭來看這次故宮展演的茶人設計師的裝置空間概念均各有所念：陳正道的「茶攤」質問了一個眾聲喧嘩裡茶文化重度闡釋的時代。李曙韻的「茶禁・禁茶」隱喻了茶之道的艱澀與孤寂。如今看來像是剛出爐的一個新的質問。從 2002 年至今，一個大哉問的聲波仍未反射回來。他們二位似乎不想得到什麼答案。古武男的「水井、水堂、水方」追憶著舊時的飲茶情趣，並在現實生活中找到了落點。那文字所描述的像是電影的最後一幕；滿庭桂花，茶已備妥。主人推開古門，賓客共聚一堂便戛然而止。電影結束了，但觀眾可沒有；當人物進入了畫面，故事才要開展。但在現實生活裡，身爲主人的你，最好祈禱這滿堂賓客盡是「座中佳士」而不是正好相反。同樣是貪戀「美的瞬間」，與古武男鍾情於和賓客分享的心情不同，蔡永和的「對影，對飲」則沉醉在行茶備水間捕捉刹那閒適的美感。顯然蔡是個幸福之人。這正好應了那句禪詩「若無閒事掛心頭，便是人間好時節」。更幸運的是當心中的美出現的刹那，他正好在場，也見證了羅蘭巴特攝影家的『特殊視力不在看』，而是『適時在場』的美學觀。無論你談什麼，說什麼，其實你始終在談生命，沈僥宜的「無無明」、何朝瑜與廖素金的「霧・悟」都在談生命中成長的苦澀。從困頓、困惑到頓悟的喜悅。他們似乎都自備答案而來，並準備與「參與者」分享這頓悟的喜悅。章蕙蘭的「電影・茶館」呈現茶人少見的「虛實相扣」的「時間藝術」，讓人想起日本煎茶道中常用一種傳自中國「南畫」的表現手法，即將畫與畫中吉祥實物一同佈置在茶會中，讓賓客有如在虛實之間穿梭往返。但與「南畫」不同的是，「電影・茶館」呈現的「寂靜」之美，讓一分鐘的等待，在電影結束時成就了「一生只等一壺茶」的驚喜與感動。至少在故宮展演的那一個月裡，那些創作者是幸福的。他們見證了以裝置手法作爲一種茶的創作表現形式的初體驗，只是，回顧四盼，卻無一跟隨者，不免有種古來聖賢多寂寞的孤獨感。

原載於 2012 普洱壺藝／茶藝第四十二期

第十二章

下一站永康

臺化永康街可能蛻變成紐約「雀爾喜」區嗎？

2014年臺北中山堂的一場古琴會讓我突然想起永康街對臺北長期被忽略的重要性。對於喜歡那種無法歸類，無以名狀的感覺的人們，永康街有一種鬼魅般的吸引力。也許可以這麼說：在那兒，一定會找到你想要的！不管是遇見老朋友，或是也來這裡尋找同類的新朋友。去永康街看人，也被人看。別問我爲什麼去永康街，它說不出理由，也不必有理由，對於那些「玩茶」的人而言，那裡大小茶店的主人們都可能是「尋他千百度」的主角；好像他們永遠都有一壺熱茶在等著你的造訪；就城市景觀而言，這個無意間自然形成的商圈裡的建築，新舊雜陳，高低毗鄰，它的聚落樣貌足可跨越二、三個世代。就茶空間的呈現而言，你會看到臺灣茶文化發展的縮影；各個階段不同風格，以及大異其趣的審美情趣都同時出現在這「半里商圈」裡。人們來這裡吃東西、找東西、找朋友，也找靈感；更精準的說，來這找人與人相遇所碰撞出的靈感。但永康街似乎缺少一種店家類型；一種可以忘記時間，可以久坐的地方，這種「缺少」所帶來的「空虛感」正是本文一開始提到的古琴會結束後的眞實感受；那場古琴會，進場前，好久不見的朋友忙著相互寒暄，進場後遇見好久不見朋友的驚呼，散場後離情依依，像是一場告別會。上百人擠在中山堂前廳走廊上，久久不散。何不去喝杯咖啡續攤，聊聊今晚的琴會，評頭論足一番？西門町近在咫尺，年少時期成都路上熟悉的咖啡館還在，但調性已非「吾輩所宗」，茶館也早已走入歷史，我想到了十幾分鐘車程的永康街，但永康街晚上一過九點，從信義路到金華街的精華地段變得黯淡無光，巷弄裡的咖啡館也早早打烊。幾家愈夜愈美麗的茶店也非高談闊論之地。在這半里商圈裡，九點以後，想找個地方喝咖啡，聊是非正如在沙漠裡找水喝一樣難。但是，時間會改變一切，永康街正在蛻變中。金華街以南那片巷弄交錯之地，悄悄出現了幾家深夜小餐館，開得很晚的咖啡店、小酒館，幾家小民居正在裝修，準備一顯身手。我似乎嗅出了一種新氣象正在醞釀。你一定會問，爲什麼非永康街不可？簡單的說，永康商圈的優勢是上百商家，步行可及的聚落特性以及熟人與陌生人在此碰撞所產生的「弱連結」效應，讓一趟永康行驚喜連連。換句話說，在永康街，人比「東西」更有價值。這跟二十年前臺灣茶館鼎盛時期不同，那時上茶館有「忠誠度」，遇見的人是相對「封閉」的「同類」。如今，遇見陌生人或不同類型的跨界陌生人才是王道。所謂「弱連結」的概念是一九六〇年代美國哈佛社會學博士生馬克・葛蘭諾維特首先提出的理論，他說：「弱連結扮演的角色，是把在物理世界沒有關聯的東西連在一起。」哥倫比亞社會學家哈理森・懷特更明白指出，透過不熟的人來傳遞資訊，會比透過親近的人更有效，也就是我們常說的，只與一個親密而封閉的小團體交流，會把知識和人際關係限制在這個團體內，結果你就比較不容易知道這個小圈子以外世界的知識。永康街會不會變蛻變成《安迪沃荷經濟學》（李佳純譯・原點出版）那本書裡所描述的紐約曼哈頓雀爾喜區、下東城區、肉品包裝區以及蘇活區、西村、諾利塔區裡一家挨著一家的藝廊、咖啡館，夜生活和藝術家社區共同創造出的文化聚落？讓各類跨界藝術人才得以在此相遇，讓文化經濟在這種社交環境裡發生呢？最近某天晚上，永康巷弄裡的「串門子」茶館突然來了幾批人馬，一桌是玻璃創作者和他的設計師們正在討論一件新產品，鄰桌的是二位策展人正在細細品茶，另一桌是韓國茶道參訪團，二位雜誌主編、一位專欄作家、一位設計師、一位茶葉供應商和一些進進出出的茶客，經過一番引介，交換聯絡方式。氣氛開始熱絡，大家都能找到共同的話題。相談甚歡，久久不願離去。可以想像，誰知道，下星期會不會策展人開始邀約玻璃創作展、主編向專欄作家邀稿、茶葉賣到韓國，而韓國茶道參訪團又在邀請臺灣茶人參加韓國茶展。這情景很可能發生在任何永康商圈的店家裡，永康街會不會蛻變成臺北的紐約「雀爾喜」區就很難說了。關鍵在於是否有一個讓茶館、咖啡店開得夠晚的誘因。如果有，夜生活的燈光和人群就足夠讓鎮守在潮州街的「伍中行」、東北角的「串門子」、正在站穩北邊腳步的「臻味茶苑」以及麗水街上的「耀紅」延遲打烊，這其中的連鎖反應和互為因果的微妙關係，值得深思。我們期望一個蛻變後的永康商圈！在此之前，我們不要忘了，永康街巷弄裡還深藏著無數屬於這商圈特有關於「人」以及關於「茶」的小故事。正是這些小故事疊積成的「大故事」吸引著除了觀光客以外的臺灣跨界精英們不斷造訪的原因。而這些「原因」仍在繼續擴散中，我們一面期望永康街蛻變，卻也一廂情願地希望它那些屬於「老派優雅」的價值觀能一直保留下去。

原載於 2015 臺灣茶藝／普洱壺藝第五十二期

從未消失的地平線

是誰
拉斷了二胡的絃
還不忘苦心辨認　那款東方美人
是否著了蜒
是分了心　還是
著了迷？

鍾情於過往的餘韻
忙於混搭古今

為茶席尋找最佳演員
為演出尋找最
笑眼的主人

茶向酒妥協
靈魂暫借　今夜

這巷弄的星空
很薄酒萊

我剛從妳門前走過
琉璃茶盅閃出紫光
標示著　這條街上
地平線
從未消失

2014/11/14　臺北　金華街　地平線

三古不務農

三古原來不是東洋人
不沈默也不務農
獨好以阿里山的櫻花木
為他東倒西歪的壺
增添幾分嫵媚

右老一直很篤定
不怕被牆上似曾相識的行草
超越

懷素不是吃素的
你的書法
足以打敗　金庸筆下的
禿筆翁

儒家　道家　獨缺釋家

見賢不難　思齊還需靠

麗水邊

2015/12/12　臺北　麗水街　三古默農

今天不串門

玩曲水的設計師

又有一位設計師　古道熱腸
帶著剛壓好的茶餅
來串門
嚇壞了東晉的賢士
以為是血滴子的暗器
從此
週三避不見客

還好有地下室　可以
玩一場不見天日的
曲水流觴

2015/12/25　臺北　麗水街　串門子

五載丈量了串門子

一場感恩茶會
像是歌友會
又像回娘家

回首來時路
原來是修行

五載　用來丈量
對茶用情的深度

一百場曲水茶宴
演繹了百遍
一期一會

一萬個茶日子
療癒了千百雙
徬徨的眼神

茶和水　丈量了
春夏秋冬

時間丈量了光陰
串門丈量了生命

看來
這門子　還要再串上
五百年

2018/04/04　臺北　麗水街　串門子五週年慶

註：如今已看不到地下室曲水流觴，羲之賢士讓出了他修法千年的寶地，無聲嘆息，麗水街竟無他容身之地。

人走留下了風

一堆客人來訪
也沒見她慌張

一張原木桌
放得下五千年歷史
經得起價值與價格的拔河

一雙慧眼　看穿世間虛實
一杯好茶　讓你
從此噤聲

硯台上　墨是濕的
狼毫筆尖早已風乾
那本似懂非懂的莊子
還停留在第二十四頁

眼尖的發現
文革紫泥蓋沿
有一個看不見的砂孔

沒問題
我帶走壺
妳留下風

2015/12/20　臺北　永康街　人來風

永康街的一天：人來風

又是一間隱藏在深巷裡可以細細品味的店，不過這店似乎還藏著一組密碼等待人們去發現，表面上一個有個性的女主人，喜歡茶器、書法文房，懷舊生活用品，但這裡的大小櫃子、箱子、架子、桌子彷彿都是爲了收納整個空間裡所有的物件。我常幻想一夜之間會不會所有的物件都被收藏到櫃、箱、桌、架裡而變成一間純粹的舊傢俱店？這難道不是一種因果循迴、歸零、一種圓、或是一種圓滿的循環概念嗎？如果你知道女主人家族事業曾經是珍貴文物錦盒製作的背景，也許你就會會心一笑；原來如此，當然室內一張偌大的木桌，像是一個開展故事的舞台，上面有吃食、茶和小器物，一旦幾個有緣人們相遇，從黑暗的街巷向屋內張望，滿室的溫馨，眞想進去聽聽他們在談些什麼？這是一典型的永康巷弄美學之夜。

永康街消失的一天：人來風

永康街人來人往，聚散無常，但它巷弄裡總隱藏著某種情調，直讓路過的人們想衝進去成爲情境中的一分子，總有一股悸動在深夜離開之前再看它一眼。下個月二十日這裡將一片闇黑，主人將揹起行囊，遊歷大千，想必終將回到從前，重新點燃這巷弄，成爲絕不會錯認的座標。

2016/12/21 臺北 永康街

註：人來風終於又重新回到永康街的巷弄裡玩起了大人的遊戲。

王者之風

安尚烏龍　是筆名
或許　更像是　一種
代名詞

已經進駐一級戰區
佔領整個橋頭堡
反正是祖輩的名諱
誰還在乎
有沒有　報戶口？

王者風範　震懾東門
德行能否
傳芳下一個百世

還看今朝

2016/09/30　永康街　王德傳

淘氣的客人

一堆淘氣的客人　整晚
霸佔著茶桌
爭論著這條街上的是非功過
迷戀每個過客　那些
故事裡的事
深夜「茶堂」裡不賣吃的
這裡只有精神食糧

隱約聽見雞的啼聲
那是催人早睡的暗號

就連這架上的創作者
也在猜想著
今晚　究竟是誰
最先買單

2016/01/08 麗水街　陶氣

一朵春蓮

已經冬至了
這朵春蓮還捨不得撤守
開門關門　進進出出
是問路還是論花？
這條街上可有找妳論茶的高人？

那叫賣飯團的御風行者
總是第一個報到
麗水池畔的浮世繪
還在繼續上演
沒有打烊時間
只比隔壁七號院
早一點點歇息

2016/01/10　臺北　麗水街　一朵春蓮

麗水街的一天：「一朵春蓮」

短暫北京行，回來才發現「列強」早已重返永康街「一級戰區」，「王德傳」、「嶢陽」、「不二堂」，連也賣茶葉的「阿原肥皀」都擠進這半哩商圈的精華地段，光譜另一端那些支身在永康尋夢的「女孩」也一一現身。「一朵春蓮」在「小魚」書法燈箱裡，在華燈初上的麗水街更顯嫵媚，又是一個想活出自己的尋夢人，集插花、茶藝、陶瓷、茶器於一身卻獨鍾現代陶茶器與老茶，不是新鮮人卻追求茶裡各元素的極致，是都會女性喜愛的小店，像是吸飽了泥裡豐富的微量元素，一朵剛出水的春蓮正待挑剔行家的慧眼。

永康街消失的一天：「一朵春蓮」終於凋謝

那位嬌小的女主人已往西方尋夢美麗新境界，生如夏花，死如秋葉的宿願已償，對於喜愛她茶、陶、花的朋友，從此西出麗水無故人。但願春蓮、夏荷盛開時，那盞溫暖的燈仍然招喚著不知情的過往路人。不禁又想起了在她一席榻榻米般的小茶桌上的即興之作：《一朵春蓮》。

2017/12/12 臺北 麗水街

藏書罐

罐子裡藏著一罐子茶書
麗水池畔　數他
高富帥

茶在空間裡尋找
千利休的幽靈
空間在茶湯裡抓住了
救贖的繩索

有了書　凝神拆解
多了故事裡那些事
空靈的下一頁不空洞

一本雜誌　三月不算短
六月不算長
看我的眼睛才知道

是否如期赴約
眼神告訴你
影響力才是王道

2015/12/14　臺北　麗水街　罐子書屋

等閑人止步

琴聲！據説也要預約
館藏風景　等閑人止步

隱約有人在撫琴
原來是邯鄲在學步

這條街上數妳高雅
孤芳自賞也能成就
一首詩的境界

那張「落霞」應猶在
只是換了人間

我踅進麗水　第二橋
來不及偷聽　當家花旦
午後的練習曲

2015/12/16　臺北　麗水街　等閒琴館

永康街的一天：等閑琴館

「我們是琴館，不是茶館」！你總會聽見主事者對於把琴館被歸類在「茶空間」的抱怨和無奈。這眞是一個永恆的議題呀！對琴館而言，那是個操琴論藝的所在，琴是主調，也是基調，對於觀者，這空間的意涵遠大於琴的指涉，如果你相信「世間事皆茶事」，把琴館只定義在「琴館」有些委屈，何況大廳裡，左邊茶席、右邊琴、牆上字畫、桌上插花、書架上的琴譜、前後院裡的雅石盆栽無一不透露著它在等待一群雅士在他們夢寐以求的空間元素裡遊於藝的宿願呢？叫「茶空間」又何妨！

2014/12/19 永康街

臺北永康街不會消失，消失的是那些因緣際會横空出現，又憑空隱遁的店家和那些顯然是夢碎或夢醒了的人們。別以爲他們都是「商人重利輕別離」，其實都有各自不可言說的理由，說話時已有三家不是挪窩就是逐水草而居去了。以古琴教學聞名的「等閒琴館」，如今搬到遠離塵囂的陽明山，每每途經空寂的巷弄，耳邊彷彿總是隱約響起了若有似無的琴聲。

2015/12/16 永康街

註：等閒琴館如今又回到永康街巷弄裡，只是她的琴聲早已被商圈的喧鬧聲淹沒，成了名符其實的「換了人間」。2019/02/28 永康街

朕知道了

朕知道你鎮守東門
跟兄弟們雞犬相聞

好久不見有人進貢
你那儿可有入眼的貨

內務府早已無人買單
朕上上手　過過癮就走

2015/12/23 臺北　潮州街　知道了

salon 裡不賣酒

一雙巧手也能築夢
一顆慧心足夠雕塑
一條街的金華

salon 裡沒有酒
茶裡住著的其實是一個
酒的靈魂

深怕這巷弄睡著了
點起一盞街燈
泡一壺好茶
陪她一起揮灑
夢裡的青春

2016/01/08　臺北　金華街 CHIAO

永康街的茶氛圍是個無法歸類的領域，正在積極作最後佈置的是巧巧一個小心願，卻是這商圈獨缺也可能是讓它更趨完整的最後一塊拼圖。她把這空間定位在「tea salon」。最早提出salon概念的是紫藤廬的周渝，如今人們仍喜歡稱之為茶館。顯然讓年輕人有個享受茶氛圍又大膽地跳脫傳統圍桌泡茶的刻板概念，至少在永康街將會是個頗受歡迎的嘗試。像酒吧裡可以放肆聊天喝茶又不忘另闢獨立空間兼顧識茶者享受交換品茶語言。前廳展示茶器空間標示著她要走一條不一樣的路，這一大步，眾人都期待她能穩健大膽地「向前行」。

2016/01/08 臺北 金華街 CHIAO

茶與酒相遇在慾望的高腳杯裡

在調酒茶裡茶究竟是扮演酒的推手，讓酒不再張揚而與酒牽手共譜一曲奇幻的味蕾之旅？或是讓奔放的酒帶領茶走出低調沉默的調性熱眼觀看世界？週末夜在金華街公園旁巧巧的深夜茶酒館裡由氣質美女調酒師親手調製的二款茶酒品裡似乎有了新的體悟：

一、花香縈繞（linger floral）：臺灣陳年阿里山烏龍茶、gin酒、蜂蜜、綠蘋果泥加冰塊shake出帶有泡沫的淡綠色精靈，在高腳玻璃杯裡更顯風華。

二、極致甘甜（ultimate aroma）：臺灣東方美人茶、VSOP干邑白蘭地、Rum蘭姆甜酒、Vermouth苦艾酒調製成咖啡色的茶酒體。

第一款「花香縈繞」用品酒語彙「完美的平衡」來形容十分傳神：由琴酒帶出青澀的果香，若隱若現的茶多酚，乾淨、單純而不單調，在口舌之間輕盈跳躍，青春味十足，是我喝過的調酒茶中神來一絕配。

第二款「極致甘甜」銜杯已有強烈衝鼻的酒味，入口雖有香、甜、苦等多層次感，但終究是酒味霸凌了茶味，感覺不出東方美人茶扮演的角色，在視覺上雖有玫瑰檸檬皮碎片裝點杯沿，整體上不若第一款討好。

這讓我想起卅年前在倫敦艦隊街上一家茶館裏，主人應我的請求泡了一杯熱東方美人茶（Formosa oolong）遞給我之前他用棉花棒沾了一下白蘭地，只在杯沿四週刷了一圈，還沒喝到茶，即覺有淡淡的酒香並不會干擾茶香，這也許是一個很好的啓發吧

回到本文一開始所關注的問題：茶在「茶與酒的相遇」裡究竟應該扮演什麼角色？這又讓我想起不久前在一個展場上，幾位資深退休的釀酒廠長的話：我們不要在茶酒裡找尋茶味，茶在參與釀酒過程中的角色是默默地改變酒的某些化學性質，讓酒喝起來有了無法歸類的「靈性」，至於茶味嘛，只存在於飲者的想像中了。

在調製「調酒茶」時，這種觀念也許應該納入培訓教戰手冊吧。

2018/04/16 臺北 永康街

註：物換星移，巧巧已默默的另擇水草而居，又是一個永康街消失的一天。

2019/10/18 永康街

在巷弄裡遊山

紫金園以北
長老會以南
古老之前
懷舊之後
百年茶人　不老靈魂　在
前人的屋子裡　做著
今人的浮世夢
在素顏裡
期待前世的轉身

山裡茶園的古味
從未消散
從容不迫　靜待
一雙雙善意的眼神
一如　前院那棵櫻花樹

在寒風中　等待
下一波的繽紛

2016/01/13　臺北　青田街　遊山茶坊

遠離塵囂在東北角一隅，靜謐的巷弄裡，洗盡鉛華以一種出世的姿態，靜待知音的造訪。一幢日式純木造花園平房裡住著一個不老靈魂，凍頂山上百年製茶職人正在蛻變中期待一個華麗的轉身，讓古老的品味添加些許時尚的絢麗，在外表充滿懷舊的老屋裡做著現代人的浮生大夢。客製化的試茶、泡茶、品茶，把你能想像到精彩的元素都在完美的企劃中，從你想像不到的地方搬來 **tea salon** 演繹爲一場一場眞實的遊山浮世繪。走出遊山，你突然變得更有勇氣面對外面紛擾的世事，回首望見前院孤獨的櫻花樹正安靜地等待下一波寒流，催放淒美的繽紛。

2016/01/13　臺北　青田街

院藏

這院子裡藏著許多寶貝
就看你本領有多高
還要自備頭頂燈
外帶鋤頭和鐮刀
誰先找到誰賺到

地點很好找　其實不必
踏破鐵鞋還要問
麗水河邊第幾橋

2016/01/15　臺北　麗水街　麗水七號院

五個中國人

昔日五個中國佬
如今　還剩下幾人

醬油　麻油　醋
烏魚子和菜卜
茶葉　白米和醬瓜
還有那度了金水的壺
你到底最愛那樣
行行出狀元
做什麼都行

只期待你別早早收工
留下漆黑的一片潮州

2015/12/23　臺北　潮州街　伍中行

小樓聽私語

這條街上有時擁擠
有時空寂
這巷弄裡有些歡笑
有些憂鬱

妳要去大街
我偏愛弄巷

這滿街的茶香　借問
茶館何處有？

你轉身向喧囂問道

我獨上小樓　聽
茶與水　在吧台上的
叨叨絮絮　沙發深處的

竊竊私語

尋覓故人身影　獨飲　是
唯一的回音

熱眼　俯瞰　這條街上
眾生　趕路的行腳　了然

塵世與謐境　只有
一壺茶的距離

好一間小樓

好一間小樓　誰是主人誰是客
只半坪吧檯　半宜咖啡半宜茶

2017/02/03 立春 臺北 御林芯

御林芯終於回到她的應許之地——永康街，從前在中山區雖然高貴清雅，畢竟有些寂寞。那宛如美術館的茶室展間，曾被歐日訪客讚美，那悠閒的下午茶時光也已成追憶。如今她選擇擁抱繁華，走進喧鬧，無非想要把美好讓更多人分享，夢想讓更多人看見。一樓的展覽空間裡品項多如繁星，試茶區饒富人情味，二樓留給有心人駐足，幾個小空間，以及可能遇見同好的吧檯都提供了這商圈難得可以坐下來喝杯茶的優雅。我好像嗅著了永康街逐漸蛻變的味道，也許那個紐約雀兒喜區，繁華若夢的期待並非只是幻想而已吧！

2016/06/06 臺北 御林芯

永康街的一天

茶與咖啡

在喜歡喝茶的朋友眼裡，臺北永康街是個再熟悉不過的地方，尤其是自從幾家指標性的大品牌茶店分別進駐精華地段，更奠定了這商圈「茶」的地位。不過，這其中有個「難言之隱」：除了「串門子」、「耀紅」和「回留」少數幾家可以坐下來點泡茶的店家，大多數是不賣茶水的，也就是說，喝茶在這裡基本上是免費的，你只是用買茶葉、茶具的錢以換取主人無止境殷勤的茶水款待而已，當然如果夠交情，你什麼錢都不必花，但交情也是有價的，你應該懂我的意思。於是這幾年，咖啡店在這裏大量出現，而且營業時間明顯較長，這也彌補了九點以後冷清的街景，讓我一一細數同樣洋溢溫馨巷弄美學風情的咖啡店——從永康公園旁最早出現的「永康街」，不遠的「烘焙者」，緊挨的「小自由」，對面的「瑪汀妮滋」，巷子內的「For Good」，金華街上一不小心就會遇到嚴格執行「禁令」不許加糖和牛奶的挑剔行家業者，也有不準時開門的「Coffe & Space」和對面專業烘焙的「George House」。公園另一頭永遠座無虛席的「Eating Time」和「丹堤」你可以一直數到地老天荒還要繼續嗎？請聽下回分解。

2016/04/04 臺北 永康街

茶與咖啡（續）

前文提到的這些咖啡店大多集中在永康街的週邊，也反應出一個趨勢，永康街中心區已寸土寸金，沒有足夠空間可容納步調緩慢，租金便宜的咖啡店，各家都有固定的死忠群，巷弄裡成了更佳的落腳點。金華街以南的青田街，潮州街安靜，整潔的巷弄文化調性很適合那種與永康商圈若即若離的依偎情結關係，有趣的是愈靠近金山南路的咖啡店生意相對冷清，愈近青田、金華街，人氣愈旺，這種向商圈取暖的群聚效應很值得觀察，也許這跟紐約雀兒喜區，肉品包裝區，蘇活區之所以讓遊客心嚮往之的原因是因爲它櫛比鱗次的藝廊、酒吧、咖啡店及燦爛夜生活的依存和它「步行可及」的親密感很有關係，這點永康商圈複雜多樣，穿越時空的特性正是它蛻變的契機。當然，喝咖啡不一定要在咖啡店，青田街幾處轉角西餐廳是不錯的選擇，Cest La Vie 對角的 Take Five 和 L' Air 都是溫馨的飲食體驗。潮州近青田，即將開幕極富基督教情調的 Emmaus，加上「深夜廚房」大隱、小隱以及鴻疆石都在夜幕低垂時分像照亮黑夜的星光讓臺北更顯嫵媚。

永康街的吧檯品飲美學

在永康商圈茶與咖啡的品飲模式是沒有吧檯概念的，每家店都有吧檯，但大多用在調製飲食和「買單」收帳上，少有那種飲者齊坐吧檯，可以和「bar tender」互動滋生某種 chemistry 的品飲類型，這種類型至少在永康街可能是讓茶永續經營的一帖良方，它可以節省空間，增加消費者的認同度，更能照顧，吸引某些「單獨飲者」。前文提到永康街缺少可以坐下來喝杯茶的空間，大多數店家賣的是「未來」，也就是把茶葉、茶具買回家創造品茶情趣，而咖啡店賣的是「當下」，前者的購物行爲總有盡頭，而後者所販賣的「情趣」可以無止境地延伸複製，尤其當不景氣時，差別更明顯。金華街小公園旁的 CHIAO tea salon 的吧檯設計已有點意思，永康街上另一家正在裝潢的茶店吧檯設計也令人期待，其中成敗關鍵在於「bar tender」事茶模式以及與客人互動的風格和智慧。

當茶吧檯模式一旦成爲時尚流行，具有這種風格和智慧的人才自然會出現，在這之前，臺中火車站對面中山路上「宮原眼科」關係企業前「四信合作社」，一、二樓吧檯設計及上月嘉義故宮南院旁「博茶會」吧檯設計和作業模式值得參考。

照起工的進襲

編號 15 茶空間【照起工】終於站上橋頭堡進駐一級戰區，眞正在永康街面上站穩腳跟，從巷尾搬到街頭總共花了三年，除了主業——杉林溪龍鳳峽高山茶，這店主似受到專賣松露巧克力的前店家的影響，也開始玩起了茶的多元應用，汲汲於研究茶、牛奶和糖、咖啡，二氧化碳之間比例的三角關係，除了在對街另闢專賣各種茶口味冰淇淋空間外，昨晚一款尚未上市的（二氧化碳）氣泡東方美人茶驚艷四座，充滿對味蕾的挑戰和衝擊，用玻璃高腳杯承載更顯尊貴，畢竟在一級戰區生存還得看充滿好奇的年輕精靈是否買單了。

2016/10/20　臺北　永康街

老派的優雅——耀紅

少數可以三五好友坐下來付費點一泡茶消磨一個下午的茶館，主人是名水墨畫家，由幾位見過大場面的茶人姑娘操持，把畫、花，茶、器物、空間等元素調理得恰到好處，向訪者展現一種少有的「老派的優雅」。它孤傲的佇立在麗水一隅，鎮守著茶的最後一道防線。

2014/11/26 麗水街。

流動的風景

春夏秋冬晨昏午後，永康街和世界上許多熱鬧的城市街頭廣場一樣都會有一些如快閃般流動的風景：騎著自行車御風而馳的「飯團小洪」即將在夏天重出江湖、「照起工」老板的兒子在門口練琴順便賺些零用錢、「串門子」老沈在街頭巷尾、每日一茶席免費爲遊客泡茶，落腳臺灣曾經是專業爵士樂手的美國人 Wade Mart，被重金請上「御林芯」加入了那場意外的茶敘派對，雖然吧檯上的話題都是美食和護唇膏，但充滿動感的爵士樂似乎宣告著一個即將終結的春節長假。派對高潮結束在那漂亮的心型蛋糕殘忍的一刀上，打開了「內心」竟如此甜美也象徵了表裡如一，諸事順遂的新年吉兆吧！

永康街許多流動的風景，有的如快閃的街頭表演，有的在你想象不到的角落裡正在上演著一幕幕「都市浮世繪物語」好像還沒有結束的跡象！嘻。

2019/02/10 台化 永康街

流動的下午茶

不知何時起，與永康街一街之隔相對安靜的麗水街上，一個叫「小洪」的年輕人，騎著腳踏車，後座拴著小木箱，把手上掛著「角飯團」棗紅小旗，優雅的迎風而駛，她在「麗水七號院」和「一朵春蓮」門前停下來，茶店裡喝茶的客人紛紛奪門而出，爲了搶先選喜愛的飯團口味，每日只賣卅個，口味、數量可事先預定，當天製做，不冷藏，不隔夜，用可進微波爐的白紙，把飯團包得像是生日禮物，以木托盤送貨，那裝扮、態度不急不徐從容自若走街串巷，爲這圈子裏喝茶的人提供「恰如其份」的午茶點心，也爲這條街演出了一場流動的饗宴，永康街又多了一道美麗的風景。

茶湯的甜度

從卅年前不被接受到如今紅遍海內外成爲臺灣茶飲一顆閃耀的明星，這種調和飲料也是臺灣茶文化創意產業的一張名片，永康一級戰區兵家必爭之地，當然少不了它們的身影。「喫茶趣」、「五十嵐」、都是知名品牌，「一品蘭敘」則是後起之秀，分別佔據商圈南北軸線上的重要據點，帶來商機也引發話題；其中之一是「甜度」的論議，服務員常以一句「甜度正常嗎？」做爲與客人對話的開始，正常是指某品牌設計之「最佳口感甜度」，客人可視個人喜好增減：正常等於標準、少糖是七分甜、半糖等於五分甜等，有趣的是：如果正常是某品牌所設計「最佳茶湯甜度」，那麼，少糖、半糖的口感必定大打折扣，客人在少糖健康的時尚引領下所品飲的可能是「非最佳口感」飲料，這到底是否正確？正如許多威士忌酒的最佳品飲（酒精濃度是38％），但法令規定不得少於40°。酒廠通常建議加水品飲，這種建議往往也是一種教育，但臺灣調和飲料業缺乏這種論述。

2015/03/30　臺北　永康街

梅門德藝天地

位於麗水街南端，原臺灣鐵路局老宿舍重修改建而成的世外桃源。但我比較喜歡用香格里拉來強調它神秘、傳說和遺世的特質。它像是一個獨立的小王國，由一群來自各地，各行各業死忠的純義工簇擁著精神領袖李鳳山師父，用他獨特的「平甩功」，結合正統的食物養生觀念，運用陰陽五行和氣功養成正確的文武全能的生活態度，在全臺十個修煉道場，以一種入世和救世的精神行走在混沌的「末世」。最關心的還是梅門對茶的態度和詮釋；據說他們的的茶全出自高雄六龜「梅門甩茶園」，以自然農法，配合「平甩」鍛鍊，由義工進行繁複的製作工序。曾喝過一泡「野烏龍」茶品，各項指標都稱得上是我「喜歡」的好茶；微量元素及內含物豐富，剛剛好的焙火和讓人溫暖的特質，至少在茶這個領域堪稱「正道」，算是放心了。

2015/03/28 永康街

昭和町

叫茶空間太嚴肅，叫永康街後院的舊倉庫，愛茶人逛累了尋找記憶和淘寶的樂園也許比較適當。老蔣和夫人的玉照隨處可見，「一定要解放臺灣」的舊海報也不見怪，一只老龍泉杯可填補茶席上的空缺。如果你夠內行，一餅物超所值的遠年普洱也能讓你高興半天。壺破了有人爲你補好，茶室裡少了一個茶具收納櫃可能躺在一個不起眼的角落，想休息片刻，喝個下午茶，轉角處有專業咖啡店和會讓你流眼淚的蛋糕店，有了這地方夫復何求？

2014/12/27 永康街

永康街消失的一天

「小玩子」終於撤守

臺北永康街有趣之處在於可以同時看得到它時間軸上各時期不同的店家面貌，又在空間軸上呈現迴異多元的風格。八月底打烊收攤的永康53號，人稱「小玩子」那間無法歸類的空間是個異數，它就像是許多「遊民」的心靈驛站，可以不花一塊錢，寬心地在這裡盡情的揮灑人生。沒有了它，老龔今夜將在何處落腳？Tina的琴聲，九駱的笑眼將成絕響。許景淳那首長長的告別詩寫得眞好：

「冬日爐灶邊分享
暖粥的歡笑
夏季無盡的音樂聚會
五花八門隨緣所遇

好奇訪者　探看路人　公園旅人　迷路羔羊
深海藍鯨　浪花游魚　沙灘貝殼　美人魚群
遠來貴客　左鄰右舍　闔家親子　老少男女

桃花源村世間遊

…

點點星火　閃閃心光

珍重　珍重　珍重

靜聽神秘歌聲　迴旋清心

是時候了嗎　親切的陌生者

小錢鼠來回穿越　燭火搖曳

最後牠在通道中

亮麗詠嘆三回美妙長詩句

一封愛的書信喻示

欣賞生命　循環如花」

2016/09/02 臺北　永康街

我們並未失去「梅門」

梅門昨天自麗水街轉移道場，在六條通以春風度化眾生，女士精心打扮，男士盛裝出席，高調宣示其非宗教式的人間修練法門，透過眼、耳、鼻、舌、身、意的修練體驗，回歸其本來面目。這需要經過一個簡單可以觸及的有型道場來完成。由臺灣名建築師何頡操刀，結合多位工藝家共同打造的是全新思維空間，處處體現了細節的幽微。這需要多大的毅力和耐心及獨特的領導力啊！李師父想要完成的其實遠超過了一個佛家或以現代人角度，是人類學家的胸懷，只是他的田野由山上搬到了喧囂的都市，只是永康街也從此少了一個心靈修練的道場，但以大臺北而言 我們並未失去梅門。

2017/04/07　臺北　六條通

從此少了一個有關茶的故事

從「竹亭」到「耀紅」，從火鍋店到茶館，十年間，經過幾次改裝及變更經營型態，終於在茶與酒，空間與化妝品的市場考量下做出了撤離的選擇。除了傷感和緬懷，我們似乎應該回歸到一個更嚴肅的議題上；永康商圈裡的茶空間是否已經超過了胃納量？尤其在五大茶品牌先後進駐這一級戰區，茶專賣店林立，加上需要具有某種個人魅力的獨特經營方式，茶店在這個商圈似乎已進入了一種「夕陽產業」階段。換句話說，除非是大品牌茶店，一般只有店員服務而缺少業主現身的經營模式已不適合這個商圈的生態。雖然這些年來選擇離開的原因各有不同，但「魅力經營」模式是決定「撤不撤」，「回不回」的重要因素。看看那些曾暫時離開又重回商圈和從此消失的店家，我們更有理由相信此言不虛。

「耀紅」的招牌燈箱在黑夜裡依舊璀燦，但當酒櫃取代了茶桌，時尚化妝品取代了一杯茶的幽然，永康商圈將會變得更加多元，或只是少了一個有關茶的故事？

2020/03/13 臺北 麗水街

曲水流觴不串門子

串門子不會消失，消失的只是不見天日的曲水流觴。爲了維護永康街的文化底蘊，獨自撐了六年，終於在2019年把他的設計心血結晶讓出。與其「叫好不叫座」，不如另闢蹊徑。只是對海外華人讚譽有加，本地人「近廟欺神」的兩難，失去了皇冠上的寶石之後，照亮這個巷弄的，恐怕只剩下黑夜裡的星空了。

2019/12/24 臺北 麗水街

第十三章

都是季節惹的禍

都是季節惹的禍

為了還一筆感情的債
我墜入一段迷惘的愛

不確定
有多少是慾望
多少是真情

糾纏著季節的催逼
背叛的只是階級
晉升貴人之前
不算美人　沒有選擇

都是賽局的錯　花園裡
綠衣使者　紅衣少年
今猶在
只能向第三者傾訴

我不在東方
別叫我美人

最動人的我　如今
只剩下了
價格與標籤

2015/07/07　新竹　北埔

賽局

一身綠色勁裝
小飛俠　情深一吻

幻化間　妳已晉身貴人

這是花園裡
每年夏天的高潮
一場浪漫的結局

我好奇　那
英雄救美的紅衣少年呢？

他與
綠色小飛俠
是情敵
或都是

妳的真命天子？

妳在被入侵者偷換了
生命密碼　與
保持處子之間　還有
更好的的選擇嗎？

「結果論」顯然贏了這場賽局

「動機論」呢？

沾沾自喜之際
妳早已
背叛了自己的階級！

還好
第三者卻甘之如飴！

2015/07/23　三芝

與武夷共舞

今天不喝岩茶
它　族繁不及備載
很難找到它家住何方
按圖索驥　也難免一路碰壁

這是我在四年前寫下對岩茶的迷惘，如今仍在雲深不知處。

岩茶的「高起點論」

大陸有位古琴家說：欣賞古琴要起點高，聽大師聽名曲入手，所謂觀千劍而而後識器，聞千曲而後知聲。又說叔本華認爲不讀壞書是讀好書的先決條件，因爲人生短促，時間和精力都是有限的。還說如果不想輸在起跑線上，那麼前提之一就是多聽好的古琴音樂。壞音樂是靈魂的毒藥，聽得越少越好，好的音樂則多多益善等等。

最近幾年由於工夫茶風起雲湧，成爲了另一種顯學，因此也帶動了喝岩茶的風潮。但岩茶好像比普洱茶的水更深。如果套用古琴家的建議，要喝懂岩茶一定要從好的岩茶喝起，喝了千杯好岩茶才能「知其味」「辨其眞」，那麼按照網路上一份資料，2019 岩茶排行榜前三十名中最貴的

48萬，最便宜的也要1.5萬人民幣，而且百分之九十都是拼配的，也許人們會質疑貴茶不一定是好茶，那麼非遺傳人的品牌茶動則五六萬，也不是一般人喝得起的。看來好像古琴的「高起點論」並不適用在岩茶上。聽大師聽名曲不難，成本也不高，但喝名茶，喝經典老茶又是另外一個境界了。

關於品味岩茶的文章在坊間和網路上汗牛充棟，要喝到好的岩茶不難，有一種說法；你只要能交到有好茶的朋友其實你不用花錢。但這種說法有點弔詭；首先你要和這些藏有好茶的朋友社會地位相當，其次你必須要有其他人沒有的優勢，比方說你有好酒、好空間、名氣或是個好買家等可以做爲「美味的利益交換」，最後還要有交情。這些條件讓你能擠身在這個品茶圈成爲時時會被想起的人。如果這些條件你都不具備，那你只得利用你最後的一項優勢——智慧和品味在一片紅海中用最笨的方式，也就是所謂「在錯誤中嚐試」（try and error）找到最適合自己身、心、靈的好茶。在這之前，做爲一個非專業人對有些市場趨勢及喝岩茶的心態似乎也應該做適當的調整。

一、忘了品種忘了坑澗

每年產季往返武夷山的茶人絡繹於途，有莘莘學子每喝一泡岩茶都要問：師傅，這是什麼品種？是哪個坑哪個澗的？師傅被問煩了，下了個在朋友圈瘋傳的結論：孩子！忘了品種忘了坑澗，只要能喝出是岩茶就阿彌陀佛了。其實山上茶農也是「看人說話」的，對於一個初學者，只要喝出是岩茶就夠了確是一句眞心話。但對於眾多想在茶裡尋找眞味的莘莘學子而言，品種那種獨一無二的香氣滋味，上通遠古的幽然才是他們要玩的終極美味，坑澗才能讓這些滋味和香氣在口舌之間找到落腳處。回到現實，四大名欉早已是遠古的傳說，如今能喝出肉桂、水仙就算行家了，至於大紅袍那只是包裝上的名字罷了。

二、品種和山頭逐漸模糊化的臺灣茶

對於盛產烏龍茶的臺灣，品種更是我們極其在乎的；正欉才是木柵鐵觀音唯一的「正宮」，大冇才算東方美人的正統，但金萱鐵觀音早已取而代之，青心烏龍成了唯一的選擇，阿里山產區的無限擴大。品種的單一化，產地山頭特色差異模糊化，這些都是面對其他烏龍茶產區逐漸失去優勢的問題。看在臺灣人眼裡，武夷山那種把品種、山場、坑澗、非遺、品牌玩得如此淋漓盡致眞是羨煞人也。但怎麼當你踏入深水區才發現除了品牌辨識度，品種，產地等都變成了雲裡霧裡了呢？眞正在玩眞味的也許只有在「發燒友」的茶桌上了。

三、忘卻眞味相信自己

潮州茶人的那句忠告言猶在耳：千萬別跟著「香型」追茶。這句也許可以用在岩茶上。在這商業掛帥的「亂市」，茶應該不同等級都要喝才能建立自己私密的「味覺資料庫」，你的資料庫裡的樣本愈多，那麼每當你喝一泡茶時，可以從資料庫裡拿出來比對的就愈多。它們之間會相互自我比較、辯證、運算、排序、歸納、成爲一個屬於自我的品味美學價值體系。有了自己的品味美學體系，喝起茶來才有底氣。人之所以知道喝的是壞茶，就是因爲你喝過不對的茶才有了反差對比的口感經驗。

所以不要跟著岩茶的品種、坑澗找茶，以一個純消費者的立場，根據自己喝了千杯（包括壞茶）所累積出來的口感及體感經驗找岩茶，也就是根據品質找茶也許是一片紅海中岩茶的生存之道了。這是我個人的生存之道，那你的呢？

武夷山是座聖山，對於喜愛烏龍茶的人是一生必遊之地，無論如何變遷，它將會是探索終極品味的範本。追尋它鬼魅般的身影很容易受到挫折，在一個你想像不到的時間，一個想不到的空間和幾個想不到的朋友茶敘，它可能會靈光乍現似的出現在你的口舌之間，療癒了所有不得其門而入的挫折。與茶共舞，它絕對是一個好舞伴。

2019/11/28 三艺

山寫茶　寫意山水

烏龍茶

散落的天使　曲卷幻化成
待解的話語
讀懂我　需要一顆
初始的心

紅茶

我的紅心早已徹底燃燒
解讀它是妳一生的功課

東方美人

我不在東方　別叫我美人
綠衣使者才是 我
情欲糾纏的閨蜜

雨香韻白

不再折磨軀體
靜待春光洗禮
為了等待一個對的妳
我選擇
用靈魂淨化自己

紅心鐵觀音

鐵面無私只為 讓妳
看見我寬厚的外表下
藏著一顆
蘭花般的紅心

老派的優雅　文山包種的茶湯美學

爲了招待南部的茶友，逛遍了臺北大街小巷，走累了，一腳踏進東區的一家知名茶館。大家一致決定點一壺平日很少喝到的文山包種茶。只見櫃檯裡忙著把配好的茶具排放在一個有邊的托盤裡，送到桌前，眾人一驚，直呼「這不是文山包種嘛！」。因爲茶荷裡裝著的是道地的「半球型茶」，也就是我們通稱的「烏龍茶」。而文山包種茶在傳統上一定是「條索型」，所以只看外型就斷定不是文山包種。經過一番詢問，店裡的小姐帶著一種像是要給我們上一堂茶學教育的自信回說：「沒錯，這就是文山包種茶」，又接著說「我們很喜歡文山包種茶的香氣和滋味，但又覺得文山包種的條索鬆散，運輸和包裝不易處理，所以特別情商爲本店製做成『半球包種』，很好喝，你們可以試試看。」大家相對無言，姑且一試。

其實這半球型包種品質並不差，香氣滋味都在水平之上。但如果你不告訴我，我是絕對不會把它歸類在「文山包種」的。原因很簡單；它和我們熟知的文山包種茶在「調性」上有著極大的落差。面對一壺無法歸類的茶，我們的感覺系統也無法歸類，它和我們的味覺系統更是無法連結。當下不覺又是一喜；喜的是我又發現了一個新議題：

◎把條型包種茶改成半球型包種茶，文山包種還能叫做文山包種茶嗎？

◎條型包種和半球型包種在「調性」上的差異又該如何描述？

◎我發愁和擔心的是，如果所有的條型包種都因爲包裝和運輸的問題在一夜之間改成了半球型，那臺灣除了「白毫烏龍」和紅茶之外，全是半球型茶的天下，究竟是喜還是憂？滿城盡是半球茶會不會讓文山包種茶的故事性模糊不清而更顯蒼白？而清香型包種茶的風味又太單一化了呢？

好在這種情況到目前爲止尚未發生，文山包種仍然堅持它那種「老派的優雅」身段，絲毫不受時代更迭的影響。可見這背後一定有一個強而有力的理由：「獨特性」或「差異性」。

無獨有偶，數年前我向中部茶界發問：爲什麼臺灣中南部少有茶人鍾情文山包種？答曰：「文山包種所有的香氣和滋味都可由幾粒高山茶所取代。」言下之意，他們絕不會大費周章去擁抱一種在他們心目中很難處理又不比高山茶高明的條型包種茶了。他們這麼一說，我又不免杞人憂天起來。但是他們所謂的「香氣滋味取代論」是眞實的情況，還是他們的一種偏見？這其中是否有值得探討的「茶湯美學空間」呢？

從製造工序來說，半球型包種茶如高山茶，與條型包種如文山包種茶，最大的差異性是在「包布團揉」這個環節上。前者在反覆團揉，解塊中讓滋味更紮實、緊結；後者因未經團揉，茶湯會有種輕盈的透明感。兩者相較，前者茶湯彷彿讓你不得不打起精神，正襟危坐，隨著它那種貴氣逼人、亦靈亦肉、張狂而躁動的靈魂起舞。你的精氣神也就無可救藥似的處在一種要與這茶「同調」的飽滿精神狀態。而與未經團揉的後者相遇，你比較容易自然而然把呼吸、心跳放慢，逐漸融入茶湯帶給你的那種信馬由韁式的散漫與慵懶的氛圍中。兩者的茶湯帶給人們精神上的衝擊差異何其大。換句話說，這一張一弛造成的調性落差足以帶你進出不同的時空氛圍裡。

而人們往往需要隨時進出不同的精神領域以便妥貼安頓各自的心靈，茶的可貴處就在此彰顯。半球型包種和條型包種像是二副心靈之鑰，可以打開通往兩個不同境界之門。無論你相不相信，好的文山包種茶湯裡的那種飛揚靈動、酣暢淋漓、清淡優雅，意味悠長的飄逸感是臺灣多元茶品裡的一個「異數」。沒有了它，臺灣這滿城盡帶「半球茶」的小島將頓失顏色。當然文山包種清茶也有著自身心虛的一面；在煙雨濛濛、冷冽蕭瑟的夜晚，它遠遠不及一泡可以暖胃的老凍頂或鐵觀音來得貼心。不過那又是另一個故事和話題了。

在某些行家的眼裡，文山包種並非十全十美，它存在著市場經濟導向下某些茶園管理以及採摘製作上的缺失。但作爲一個消費者，我們似乎該有一種「正信」的消費觀；也就是日常生活中，只要欣賞和消費茶的「現狀」。無論在茶的產業鏈裡發生什麼事，我們都應該有「隱惡揚善」的消費觀念；欣賞茶美好的一面，忘掉你不喜歡的另一面，讓茶循著自己的因緣走自己的路，它的路徑和軌跡也許只有上天才能左右。如果你無法喝到十全十美的文山包種茶，那麼請你選擇欣賞手邊隨手可得的「文山包種好茶！」，即使它有著「致命的缺點」，但千萬別放棄這種碩果僅存的臺灣傳統茶品。少了它你喝茶的「類比參數」和累積品茗經驗上會少了半壁江山的。

原載於 2014 普洱壺藝／茶藝第五十一期

夢回凍頂

麒麟潭　還在與日月同輝
大水堀　早已走遠

眼看著彰雅的　秀麗
呼吸著永隆的　豐腴
還想聽聽
鳳凰的　山頭主義
三不五時　又悄悄溜回
凍頂巷　在暗夜　偷聽著

屋子裡　一堆人
談茶論道

猜想著　那舉人
會不會正在

為自己的傳說
娓娓道來

橙黃蜜綠　琥珀金黃
凍頂型　吹的　是否傳統調

茶香　從未消散
滋味　從未錯認
一如　初次見面

在味覺的記憶裡
每一片葉子都在等待
被認出的喜悅

難怪　每啜一口
都是一陣狂喜

2015/09/04　三芝　臺北

從消費面看臺灣凍頂烏龍茶的未來

一趟大陸行，除了少數以尋幽攬勝為目的旅遊，大部分的時間都在觀察大陸飲茶風氣近幾年來的變化。從各地無所不在的茶展，各種類型大小的茶會，茶店裡琳瑯滿目的茶品及茶道具，從泡茶與行茶的方式，到飲者處理茶的態度等各方面尋找他們在茶文化演進的蛛絲馬跡。

最近幾年，大陸幾家主流媒體不約而同的以大篇幅連續報導臺灣知名茶人、臺灣茶事，並以延伸性議題探索日本茶道、中國傳統茶具，現代茶空間、茶席及茶文化相關知識，很顯然的，他們無非是試圖找出一條「中國茶道的復興之路」。

這裡面我們不難看出臺灣茶文化目前最先被看見、被關注、被廣泛接納的是臺灣茶器、臺灣茶人、臺式行茶法以及臺灣茶席概念。

但遺憾的是「臺灣茶」這個臺灣茶文化裡最重要的「載體」卻顯得有些寂寞。在我接觸過的消費群裡，在茶人飯後的茶敘裡，在繁華若夢的茶會裡，除了少數臺茶專賣店外，你很難發現臺灣茶的身影，但你千萬別告訴我，靠臺茶在大陸賺錢的大有人在，臺灣高級烏龍茶在高端消費群裡仍是搶手貨等語。其實臺茶在大陸仍屬遠來的和尚會念經，靠的是臺灣茶整體品牌效應支撐。以大陸市場之大，人口之眾，要消化臺灣區區一萬噸的茶葉應無問題，臺灣茶如一滴水在沙漠裡瞬間即無影無蹤。所以要討論一個消費文化的問題和現象，應該看文化人的態度、看眞正玩茶行家的消費行為。

在我非正式、非專業，但卻是經年累月「田野觀察」裡，喜歡而且經常喝茶的大陸人士不買臺灣茶的原因竟然是擔心茶葉罐裡裝的究竟是不是純正的臺灣茶，也就是他們質疑究竟有多少「境外茶」滲雜在以臺茶爲名的茶罐裡。關於「純正臺灣茶」的問題，這裡暫且不談。因爲今天討論的主題是「凍頂烏龍茶」我們應該把重心聚焦在凍頂茶上。

在大陸，凍頂茶大多數被教育、宣傳或被定位在「焙火茶」的範疇裡，是焙火茶的同義字，也是焙火茶的代名詞，而且大多是以消費中級清香型烏龍茶的「升級版」看待。這也是不習慣清香茶的刺激而升級改喝焙火茶的必經之路。凍頂茶在市場上的名稱可能是「炭焙烏龍」或「精焙烏龍」。至於是否如臺灣人深信的「凍頂型」的烏龍茶，對大陸消費者而言是沒有意義的。因爲他們沒有喝過眞正的「凍頂型」烏龍茶，也就無法分辨其中的差異，當然也就無法愛上凍頂茶，更不會成爲忠實的消費者。

我們不要忘了，臺茶無論是品種或製法都源自於大陸，在他們無法分辨品質好壞的時候，他們自己生產的替代品就太多了，武夷岩茶正如日中天，雖然價格不菲卻很容易成爲焙火凍頂烏龍茶的替代品。倒是日本、韓國人比較會欣賞和喜愛凍頂，這跟早期凍頂大力行銷造成的品牌印象有關，但如今很多日韓消費者也對凍頂望之卻步了，原因是以「凍頂烏龍」爲名的茶品，其風味、品質、價格差異性太大，他們對眞正的凍頂烏龍的內涵感到迷惘，又找不到一個可靠的官方機構產品可以拿來類比，因此消費市場上反而以高山茶爲名的茶品比較受歡迎，反正只要是香甜可口的都很容易上手。當然高山茶問題也很多，在此不贅述。

關於凍頂茶的問題，一有機會我喜歡向境外人士強調臺灣社會的多元性。在臺灣，人人把茶當「作品」來創作，都是按照自己的方式處理（製造、焙火）。結果當然是百花齊放，我們應當從多元的角度欣賞凍頂茶。但對這種論點，我自己也愈來愈感到心虛，因爲要讓一種茶品成爲經典，必須要讓這種茶品的眞正內涵，具體呈現在市場上讓人們追逐、景仰，讓喝到這種茶的人有可以「歸檔」的共同記憶，有個可以「類比」的對象。以目前凍頂的生態，我們看不到這樣的願景，這是境外消費者的困惑。臺灣境內的飲者，也好不到哪裡，臺灣喝凍頂的大有人在，但都各有所好，他們只相信他們願意相信的供應者，因而形成各自獨立、獨沽一味的無數個封閉的飲茶小集團，靠的是供應者個人的魅力定義凍頂茶的內涵。

總而言之，在無法嚴格界定「凍頂烏龍茶」的市場狀況下，它只是個「有名無實」的茶品名稱，人人都可藉「凍頂」之名，「借殼上市」，各自表述各自的內涵。對凍頂山上的茶葉生產者而言，他們以忍受各種冠上「凍頂」的烏龍茶自由行走於江湖而無所「作爲」，其他人看在眼裡也只有「夫復何言」了。

在普遍缺乏共識的市場，凍頂茶逐漸失去了它的特殊性。這時所謂的陳年老凍頂就理所當然的成了當下所有喝凍頂茶的「共主」。換句話說，凍頂老茶已成了市場上的「主旋律」，是眾人心中的「神主牌」。因此臺灣資深茶人、行家和自認懂茶的文化人的茶桌上凍頂老茶一躍成爲了凍頂茶唯一的「正宮娘娘」。站在消費者的立場，我以爲重返早期凍頂茶的往日榮耀是件不切實際的幻想，我們既不能回到那個強調只有凍頂三村山頭氣的年代，也不可能像法國嚴格規定只有產在香檳區的才叫香檳，其他地區生產的只能稱爲汽泡酒那樣以「產地主義」來界定凍頂茶，就連農政單位對凍頂茶的「教科書」裡都只能界定在百分之十五至三十發酵度，輕萎凋，復炒團揉的半球型包種茶上。

即使是在比賽茶上也只能用「色澤墨綠、水色金黃、香氣濃郁、滋味醇厚等」幾乎可以用在任何類似的部份發酵茶類評比標準上，如此寬鬆的「好球帶」界定法，難怪凍頂烏龍茶的面目模糊，難以區隔市場，成爲獨具特色的茶品。目前臺灣市場上流行一套凍頂烏龍茶消費者教戰守則，就是：選擇一個可以信賴的供應者，要求充分發酵，適度焙火，封存若干年後才能喝到凍頂的獨特風味，如此一來豈不成了普洱茶的凍頂版；也就是強調凍頂的「未來價值」。我不禁想起普洱茶書上的那句「嚐新茶、喝熟茶、品老茶」的名言，不知道這究竟是凍頂的幸還是不幸。

我的淺見是，中國所有的茶都是活的東西，尤其是半發酵茶存在著極大的不確定性。煮茶、點茶的時代已經遠去。同樣的，古老的味道永遠都有新的詮釋，這是中國茶文化的宿命，身處這個千變萬化的時代，我們唯一能做的是欣賞並享受「現狀」和「當下」，現狀是凍頂茶的古早味已一去不復返。當下是百花齊放的時代，是凍頂茶自己選擇的路。我們最好享受凍頂茶當下的味道！再過廿年，人們也許會回過頭懷念這一去不復返的「當下」的凍頂味也不一定呢！當下的凍頂味是所有茶葉工作者所選擇的路，我愈來愈覺得它也應該是消費者所選擇的路，我們沒理由不珍惜這個選擇。

2014/06/25 臺灣 南投縣

第十四章

爲一款茶命名

命名是給尚未甦醒的味覺
找到它的舊鄉處。危險。永遠會
更多錯以爲名的窘境

給一款茶命名

千萬別想爲所有的茶命名
何況還有更多名字等待著
當情地被遺忘

爲春天取個名字

想著要為這款茶取個名字
只為了記得她的味道

朝陽　出雲　百丈
也許太陽剛
豆蔻　探春　皎然
一定夠嬌氣

為什麼要為茶取名
記得她的味道只是個藉口
記住和她
一起走過的夕陽
仰望過的星光

煎熬過的困頓
張狂過的青春

2015/07/25　三芝

別想爲春天命名

命名
是給尚未甦醒的味覺
找到它的落腳處

危險
永遠會遇到更多
無以為名的窘境

千萬
別想為所有的茶　命名

何況
還有更多名字
等待著
無情地被遺忘

2003/08/11　台中　可人居

取名字是爲了記著她的味道

今年春天，全臺灣都被一種長相奇特的微生物弄得人心惶惶，一場瘟疫讓臺灣人一時失了魂，六月回過神來，這才驚覺我們好像錯過了許多美好的事物；忘了去看雪海似的桐花，不敢去看福爾摩沙特展和電影「芝加哥」，錯過了姪兒的婚禮，更忽略了親友間的問候。沒錯，這些事將來都有機會補償，但錯失了在第一時間品嚐今年春茶的「時鮮感」，才眞的讓人悵然若失。中投和中彰快速道路方便了南來北往上山買茶的朋友，他們大多也因此過台中而不入，茶會沒人辦了，南北各處串門子嚐鮮喝茶的活動也少了，難道今年春茶的滋味就這樣在漫長的記憶年譜裡留白了嗎？

仔細想想，以往年年喝新茶，但，是哪些茶，它總讓你念念不忘、津津樂道而又回味無窮呢？你會發現其實是一「支支」取了名字的茶以及和茶有關的一則故事。一支好茶如果沒有「名字」和一段故事，是絕不會在你的記憶裡留下痕跡的。想重溫奧黛麗赫本的經典之作「第凡內早餐」，或回味梅蘭芳唱的「霸王別姬」？那容易，他們與你只有一支遙控器的距離，原汁原味，只是感悟不同。但如果你想重回味民國七十一年何亞敦的凍頂特等獎茶的滋味，重喝當年留下的「老茶」還無法「重回現場」，你還需要一段故事才能幫助您「遙想當年」。一個名字和一段故事可以凝聚一段散漫的滋味記憶，並自諸多平凡的事件中抽離並儲存在記憶的盒子裡，它們也是一把開啓滋味記憶的鑰匙，有了他們，不論相隔多久，那茶的滋味一經召喚就都回來了。

二十年前，茶界流行辦茶會，主題自然是茶，茶是主角，當時許多精采的茶會大多辦過就忘了，但常常是因爲一個傳神的名字，那茶的滋味和與這茶會有關的人時事物就都鮮活的保留在記憶的盒子裡，隨時聽候召喚。民國七十四年，當時主持「茶與藝術」雜誌的季野大兄，在臺北圓緣茶坊辦了一場品嚐會，由王昭文先生提供的凍頂茶雖然沒取名字，但包括吳振鐸教授等北部茶界名人參與的盛會，幾乎成了這類茶會的經典。這段值得喝采的品嚐過程也讓那天茶的滋味鮮活的記錄下來。七十六年，季野邀集詩界名人在烏來巨龍山莊品茗，由名作家張曉風和詩人洛夫爲文山包種、凍頂春茶各取了一個令人驚豔的名字，至今仍記憶猶新。筆者也曾附庸風雅，在幾次茶會中爲茶命名，那時，茶界名人如詹勳華、周渝、龔于堯及何健等都常有雋永之作。就記憶所及，筆者試將早期一些特殊的「茶名」列出供茶友們參考：

一抹綠：張曉風爲七十六年文山包種春茶命名。（巨龍山莊）

美人舌：洛夫爲七十六年凍頂烏龍春茶命名。（巨龍山莊）

豐腴：周渝，七十四年凍頂彰雅春茶。

高古：周渝，凍頂陳年老茶。

含眞藏古：何健，八十五年白毫烏龍。

塞煙翠：不詳，七十六年阿里山春茶。

第二樂章：龔于堯，七十六年隔年第二次覆焙凍頂茶。

豆蔻：何健生，七十五年文山包種（冬茶特等獎品嚐會）。

旭日：何健生，七十六年木柵鐵觀音秋茶（特等獎品嚐會）。

朝陽：何健生，七十五年木柵鐵觀音冬茶（特等獎品嚐會）。

雅韻：何健生，八十七年高山條型包種冬茶（台中春日茶會）。

岩韻：何健生，八十七年文山包種冬茶（台中春日茶會）。

出雲：何健生，八十七年木柵鐵觀音冬茶（台中春日茶會）。
傳薪：何健生，七十五年涂宗和監製凍頂春茶（傳統凍頂品嚐會）。
皎然：何健生，七十五年詹勳華監製凍頂春茶（傳統凍頂品嚐會）。
探春：何健生，七十五年凍頂早春茶。
惜春：何健生，七十五年凍頂二水春尾。

民國九〇年代，品茗風尚也由初期的感性逐漸向理性推移。爲茶命名的風尚不再，目前茶界爲茶命名多著眼在行銷，並以類型特色爲原則，每年沿用相同品名以取得累積的效果。紫藤廬、九壺堂、治堂等都是此類型的代表。台中春水堂亦有意在近期內完成系列命名，茶友將有所期待！

爲茶命名可能各自有不同的情感因素，但有更多的可能祇是記錄一段品茗的心境吧！借用名作家張曉風的說法：「我一時也搞不清楚自己是在爲山描容，爲水寫眞，抑或爲茶命名，乃至於爲自己的心情題款了。」

原載春水堂茶訊 2003 年八月號第 80 期。

茶人絮語

梁啓超曾說：「因佛典的翻譯，中國語彙至少增加了三萬多個」。語彙增加了，意味著可以用來書寫、論述的材料增加了，也意味著語意可以延展的深度增加了。當然更意味著文化厚度與底蘊也增加了。我們不敢想像，如果沒有這三萬多個佛典裡的語彙，中國文學可能變成什麼面貌。這件事讓我想到了臺灣自從開始把茶發展成爲一種精緻文化以來，也有不少茶人曾經有意無意留下雋永的詞彙，發人深省的論述和說法。或許，這些「茶人絮語」早已深植在你我的日常生活中，豐富了你我的茶思想體系。或許你還沒來得及接觸，就記憶和手邊的資料，筆者試著整理出數則供讀者欣賞。

一、琥珀金黃非上品，橙黃蜜綠味純青——吳振鐸

在漫長的臺灣茶區展售茶評比的歲月裡，前茶業改良場長吳振鐸博士對評審標準的設定具有深遠的影響。他對好的觀念述諸於口語、文字上的紀錄，曾經是茶葉評比的金科玉律。「琥珀金黃非上品，橙黃蜜綠味純青」是他對包種茶茶湯（水色）所訂的評比標準。在對木柵鐵觀音外觀上，他那句「鐵色蛙皮帶白霜」已成了鐵觀音視覺品質的最佳註解。

在文山包種茶評比的官方資料裡，「琥」句已明定爲茶湯（水色）的標準。它順口好記，早已是茶農、茶道老師耳熟能詳的經典。它不但豐富了茶藝生活中的敘事語彙，也讓人更親近包種茶。吳老地下有知也應該感到安慰了吧！

二、「在日本看見茶道，在韓國看見茶禮，在臺灣看見茶藝」——龍雲法師

1991 年韓國一枝庵掌門人龍雲法師訪臺，周渝與林谷芳等茶界及樂人在紫藤廬以茶藝表演、傳統音樂結合以「茶與樂對話」的創新方式待客。感動之餘，法師以「在日本看見茶道，在韓國看見茶禮，在臺灣看見茶藝」相贈。這句話也間接促成了茶藝表現的新型式——「茶與樂對話」的誕生。

這類「茶與樂對話」活動在茶界曾造成不少話題。在風行了大約十年之後，近幾年才逐漸退潮。有趣的是龍雲法師似乎肯定臺灣是「茶藝」這個新文化原型的同時，我們自己卻逐漸拋棄了「茶藝」這個自創語詞。

如今茶藝館早已簡稱茶館，茶藝老師也早已改口稱「茶道老師」。2005 年臺灣茶協那場「研討會」，主講人在台上一字排開大談「茶藝」與「茶道」的分別。但台下似乎沒人在意台上在說什麼。如今，茶藝只剩下民間團體的「官方名稱」。如果有一天龍雲法師來臺，看見「茶藝」這個字的式微，不知將做何感想。

三、喝烏龍茶是藝術，喝普洱茶是哲學——周渝

身為臺灣最早茶館之一的主人，無疑的，周渝經營紫藤廬是成功的，原因之一是他有一種與生俱來的善於運用語言魅力的人格特質。「喝烏龍茶是藝術，喝普洱茶是哲學」是周先生生活體驗的結晶，出自他的口中毫不造作，而且是在與友人品茶論道中脫口而出。

在聽者心中每個人對這句話的解讀和感悟都不同，但都能很自然的會將它溶入自己的思想體系中。我曾聽到在茶的演講中有人用這句話開場、結尾都極其自然，而且不需任何釋義，是少數完

全沒有爭議的高妙名句。

四、評茶要隱善揚惡，品茶要隱惡揚善——季野

季野這句智慧名言，既點出了問題，同時也解決了問題。臺灣是高級烏龍茶的產地，有太多的人靠此爲生，許多人也練就了一身的選茶和評茶的功夫，但也在不自覺中，在品茶的場合裡做了過多的評茶言論，大大地破壞了品茶的氣氛。而在正式評論茶品質的研討會中卻又瞻前顧後，不敢直言茶的缺失。這種現象造成茶界一直迷漫在評茶與品茶之間的灰色地帶往返擺渡，既無法感性品茶，也無法理性評茶。這兩句話點破了這個迷思，也成就了許多茶道老師在教學上，這類爭論的最後答案。

五、美人不厭田寮老，佳茗能鎖夏日長——林荊南

這首詩的作者林荊南先生曾任陸羽茶藝月刊總編，2002 年逝世，曾與蔡榮章共同制定陸羽茶藝中心修習茶道四義：「美、健、性、倫」。約在 1982 年「天仁茶訊月刊」第廿三期發表的「四季茶亭聯」中之夏聯即爲大家都能朗朗上口的詩句。這首詩人見人愛，每個人喜歡的原因不一。用「美人」配「老田寮」擬人化的對比，讓我暗自叫絕。但下句「佳茗能鎖夏日長」讓人思索良久。究竟這「鎖」是何所指。它與「煙鎖池塘柳」、「春風鎖二喬」裡的「鎖」有無相通之處？直到一次聚會裡我提出來就教在場的文雅之士。最後還是曾昭旭教授拍板，用白話說「鎖」就是「搞定」的意思。心裡這才踏實。

漫漫長夏，有了這「美人茶」作伴，日子一定會過得舒坦。近年流行冷泡茶法，夏日炎炎，如果再用高腳玻璃杯，喝上一杯冰冰涼涼，甜蜜幸福的冰白毫，那才叫一個「美」。

六、期待/陽光/如願/雁冬/淳雅——呂禮臻

2000年一個冬天的早晨，一票常跑雲南，有瘋普洱茶革命感情的茶友，包括何健、呂禮臻、許宏榮、曾至賢在土城聚首，喝茶的朋友聚會，好像永遠有聊不完的話題，又永遠有喝不完的茶，從老香菇頭喝到紅印，從千兩茶喝到福元昌。對了，就是爲了這千兩茶，眾人都在等待一個恰當的時間一起拆剪一批千兩茶。

終於等到太陽出來，是個陽光普照的好日子。大伙先除掉麻布外袋、剪開竹篾、再拆開棕櫚、竹葉外衣，一支塵封半世紀之久的千兩茶，如儀式般地與臺灣的茶人相見。一道陽光射在地上，與茶面滿佈「金花」相映成輝。似乎預告了這是一批上好的千兩茶。竹葉上用毛筆書寫的「雁冬」批號字樣也見證了這批玩茶人的「瘋茶」心情。

呂禮臻當下以「期待/陽光/如願/雁冬/淳雅」記錄了這場拆封儀式的心情。但我凝視的卻是臺灣茶人少有的這具有詩般的紀事風格。兩字一行，而詩意已現。

比起2003年花蓮縣長參選人無黨籍許家琛的謝票感言：落幕/人散/微雨/濃霧/好走，呂的詩句有一種陽光般，有無限深情美景鋪陳在前的「充實」感。

七、茶的終極品味在「淡」——曾昭旭

其實曾昭旭教授並並未說過這樣的話，只是他在1993年「茶文化學術研討會」上發表了一篇名爲「茶文化的體與用」的專文。文章裡闡述了茶在實用層次和在精神層次的體與用的問題。在精神層次上，他認爲茶之體在「淡」，而茶之用在「虛」。在辯證的過程中，曾教授意指「淡」或「澹」是傳統中國文人看待事、物、在美學上的最高標準。這個觀念發表後立即受到茶界人士的「愛用」，

各種解讀也紛紛出籠，最後竟不知是何人創造出了「茶的終極品味在淡」這句順口好記，宛如廣告詞的句子。

就筆者觀察，這句話在茶界引用很廣；買賣茶葉的店家會告訴你茶要泡得淡，以證明他的茶葉可泡十數次，物超所值。茶藝表演的茶人普遍把茶泡淡以迎合這經典名句的旨趣。不知曾教授是否介意這樣的「篡改」。

不過以工夫茶傳承醲釅茶湯自居的臺式品味，在不知不覺中被曾教授的一句話，四兩撥千斤地轉向另一較細膩、幽微的「終極品味」，也算是另一種方式的「一言興邦」吧！

八、泡茶是一種勞役，如果只為滿足口腔之渴——李曙韻

這是臺北的茶藝名家李曙韻老師在她的茶袋上隨興寫下的心情故事。這句話深獲我心，是否意味著我們想的是同一件事已經不重要。因為喝茶是件亙古的需求，泡茶更是一件永恆的差事。尤其臺式泡茶待客講究小型小杯，即使最簡單的泡茶法也需大費周章，以示待客之慎重。

但每遇有泡茶需要的公共場合，眾人皆不願主動泡茶。這個現象背後似乎隱藏著泡茶是件苦差事、一件勞役，既是勞役就意味著「無趣」，讓泡茶變成無趣的原因有三：人不對、場合不對、時間不對，當一切都不對，喝茶只剩下解渴一個目的時，泡茶會變得無趣。要完成一件無趣的事，自然變成一種勞役，只是不知道這種「泡茶情結」究竟是代表茶人已臻成熟，還是正好相反。

九、我一時也搞不清楚是在為山描容，為水寫真，抑或為茶命名，乃至於為自己的心情題款了——張曉風

1985 年四月，當時主持「茶與藝術」的詩人季野邀集詩界名人在烏來「巨龍山莊」品茗。由名

作家張曉風爲文山包種春茶取了一個令人驚艷的名字——「一抹綠」，並在聯合報副刊補記。她在結尾時是這麼寫的：「抬眼望去，窗外翠色的山凝定如經典，而山腳下鮮碧的澗水卻活潑變化如白話翻譯。我一時也搞不清楚自己是在爲山描容，爲水寫眞，抑或爲茶命名，乃至於爲自己的心情題款了」。

臺灣茶人少有詩性、文學性的書寫，或許張曉風女士能爲我們提供些許靈性。

原載于臺灣茶饌第七期

2006/06/28 深夜於三芝

第十五章

安撫一種情緒

喋喋不休

我在田邊散步
遇見了一籆新鮮葉子

正在接受陽光洗禮
它們
無視我的存在　和苦口婆心
兀自討論著自己的未來

放任我的喋喋不休
在春日的林間徘徊

2015/07/24　三芝

地老天荒

茶會結束了
開始清理戰場

那些軀體　仍未枯乾
還在緬懷自己的剩餘

肉身
仍在奢望著最後的溫存

沒辦法　茶櫃裡　還有
六大茶類　卅六名檔
那長長的等待名單上
標示著

天荒地老！

2015/07/10 臺北 三芝

匆忙的行腳

妳不在北京
就一定在往臺北的路上
妳不在鶯歌
就一定在往德化的車上
妳不在杭州
就一定在往凍頂找茶的山上

妳不在家裡
就在店裡　也許可能在
閨蜜的屋裡　在
新開幕的咖啡館裡　在
裁縫師的
染房工作室裡　一定在
眾人的心裡

妳有時乍現
有時神隱

燈火闌珊處 留有
妳行腳的匆忙 猜想
妳 將情歸何方

2016/10/18 臺北 三芝

五十個形容詞

迷霧　亞馬遜雨林
通關密語　藏在
綠的形容詞裡[註]

叢林子民　用五十個說法
決定你的生死

巴黎的飲者　玩弄一百個詞彙
只為演繹咖啡和紅酒的秘密

龍的傳人　靠表情和眼神
吞吐對茶的好惡

是幸或不幸　興許
也是一種恩賜

形容詞　隱喻著純真的虛無
詞彙裡　隱藏著白色的謊言

表情和眼神　讓慾望
無處躲藏　折射出

唯一的真實

註：據說亞馬遜雨林原住民的語言極其精準，對於綠色的形容詞就有五十多個，以區別其中的差異。

2016/06/17　臺北　三芝

鹹肉粽的伴侶

早餐　我蒸了一個鹹肉粽

一支文山包種　帶著岩香　和
一泡煙薰的正山小種
她們正在爭寵

看看誰才配得上這肉粽

這個早晨
就在它們喋喋不休的爭吵中
還沒開始　就已經到了中午

可憐的胃口
無聲的吶喊：

跟著感覺走！

2015/07/07　三芝

無題

一把壺　在掏空自身時
留住了　過往的人間情事

一杯茶　在釋放的香氣裡
尋找著　措詞的主人

2015/08/01　三芝

哲學問題

需要幾公克的高山茶
才能和一壺文山包種
平起平坐？

需要幾公克的單欉
才能和一壺武夷岩茶
推心置腹？

這顯然是個腦筋急轉彎的問題
就連哲學　也無能為力

2015/07/25 三芝

早課之必要

晨曦
是茶人的專屬

只要
一席容納心的空間

一隻
懂茶的壺

二只
能讀懂嘴唇的杯子

一只給自己
一只留給虛位以待的妳

還要幾克　屬於歲月的茶

演繹茶與水的曖昧關係
釐清昨夜的殘夢
淨空懸念

等待旭日東昇

一天的開始
早課之必要

2015/07/08 三芝

雨過天青

青天　在等待雲破
顏色　在等待雨過

這景象　朕
從來沒見過

這道聖旨　皇上
從來沒下過

有了這般顏色
浮粱　從此沒閑過

茶湯
從未如此多嬌過

茶席

從未如此素顏過

茶人
從未如此笑眼過

註：景德鎮阿喜的青塘杯
2015/11/05 三芝 臺北

一人一桌

一人　一桌　一茶碗
半躺　半臥　半迷恍

一人　一桌　一燭燈
半明　半暗　半天光

一人　一桌　一爐香
半紅　半黑　半夜長

2014/12/08　北京 798

對與錯

每一支空蕩的茶壺裡

都裝滿了探索的行腳

她們記下了
每一個在這裡淨身過的靈魂
是如何通往
超越對與錯的永生

2015/07/17 可人 三芝

墓誌銘

躺在這裡的
是一個孤獨的靈魂
她不施朱抹粉
只為素顏問世

她虛耗自身
只求一個善意的眼神

她諄諄善誘的遺言
婉如含情默默的詩句
早已
不留痕跡的
寫在了水裡

2014/12/31　三芝

後記

身處一個以「圖像解讀」思考萬事、觀看萬物的世代，純文字敘事，對閱讀者是件吃力，對作者也不討好的事；圖像解讀快速易懂，但純文字可進入深層思考，看問題視角更寬廣。近年有網友企圖找出不帶照片的純文字貼文對廣大受眾究竟有多大的吸引力？其結果都無疾而終。本書會不會終將落入成爲「參考書」的宿命已經不是作者能操控的事。就像一件藝術品在它被創作完成後就已經脫離作者，有了自己的生命旅程，只有市場上的多重解構和詮釋能改變它的路徑，最終降落在一個最恰當的歸屬之地。

本書由寫作的初始到出版，其實也經歷過一段生命旅程，似乎冥冥之中自有安排；一場茶會、一個事件、一個人、一句話都可能是一首詩、一篇文章的靈感來源。我要感謝在這個過程中所有遇到的貴人、關心幫助和鼓勵我的朋友，以及那些我在無意中忽視的善意以及傷害過的無辜者。

在實際面，我更要感謝下列出現在這段過程中的貴人：

◎三省堂曾逢景伉儷熱心慷慨提醒建議和在文字美編上的深厚功力，美編秀琴的細心和耐心。
◎五行圖書梁社長的遠見和羅總編的大膽將臺灣元素納入報導重點，讓關心兩岸茶文化活動的文字工作者有了發聲的園地，還有顏婕翻箱倒櫃找回失散的篇章。
◎御林芯林美杏諄諄善誘，形塑著一本新書完美之路。
◎行止如人類學家般的葉東泰在他開朗的笑臉背後，我揣摩著詩的曖昧。
◎茶家李曙韻過客臺灣，重歸故國，本書篇章裡看見了她曾經的背影。
◎**環齡**、珮玲、景淳**慷慨**分享詩作，**增**添了第三眼睛的**凝**視。
◎林文昭、莊秋虹、三少，珺然老師**慷慨**借用精彩**攝**影圖像，化解了文字的沈悶。

2020/03/13 可人 三芝

作　者　何健生
E-mail　jiansheng 66@gmail.com
電　話　+886-2-2736-3188
出　版　三省書屋
發行人　林美杏
發　行　御林芯茶苑／大馬士國際實業有限公司
E-mail　13683535225@163.com
帳　號　812 / 20481000012185
地　址　臺北市永康街 53-1 號
電　話　+886-2-2351-1859 / 886-919585465
美術設計　三省堂
三　版　2020 年八月
印　刷　鴻霖印刷傳媒股份有限公司
定　價　新台幣 780 元
ISBN　978-986-92010-3-2
版權所有　翻印必究

泡壞了的茶湯：以詩之名書寫茶事 / 何健生作.
-- 初版 -- 臺北市：三省書屋出版：
御林芯茶苑，大馬士國際實業有限公司發行，
2020.05
392 面；17×23 公分
ISBN 978-986-92010-3-2（平裝）
863.51　　109007534